梁鸿

作品

南方出版传媒
花城出版社
中国·广州

图书在版编目（CIP）数据

四象 / 梁鸿著. -- 广州：花城出版社，2020.3（2020.8重印）
ISBN 978-7-5360-9000-2

Ⅰ．①四… Ⅱ．①梁… Ⅲ．①长篇小说－中国－当代
Ⅳ．①I247.5

中国版本图书馆CIP数据核字(2019)第207009号

出 版 人：肖延兵
责任编辑：文 珍　周思仪　周 飞
技术编辑：薛伟民　凌春梅
封面设计：棱角视觉 ANGULAR VISION

书　　名	四象
	SI XIANG
出版发行	花城出版社
	（广州市环市东路水荫路11号）
经　　销	全国新华书店
印　　刷	佛山市浩文彩色印刷有限公司
	（广东省佛山市南海区狮山科技工业园A区）
开　　本	880毫米×1230毫米　32开
印　　张	7.875　2插页
字　　数	166,000字
版　　次	2020年3月第1版　2020年8月第2次印刷
定　　价	35.00元

如发现印装质量问题，请直接与印刷厂联系调换。
购书热线：020－37604658　37602954
花城出版社网站：http://www.fcph.com.cn

就这样,像亲人在黑夜相逢——
隔着坟墓,喋喋低语
直到苔藓封住我们的嘴唇——
覆盖掉,我们的名字
　　　　　　　——艾米莉·狄金森

是故,易有太极,是生两仪,
两仪生四象,四象生八卦,
八卦定吉凶,吉凶生大业。
　　　　　　　——《易传·系辞上传》

目 录

春

绿狮子 / 3

龙 葵 / 8

樱花瓣 / 18

四 象 / 25

夏

野人参 / 47

圆 / 61

一生二 / 75

苦 楝 / 85

秋

血月亮 / 95

利涉大川 / 103

变 / 121

乌鸦 / 142

冬

元亨利贞 / 169

为空为虚 / 189

困于金车 / 197

合欢 / 222

后记 / 243

春

绿狮子

日头一跃出地面，则如着火。升至中空，焰火虚浮，则大地生机重回。延至傍晚，日头东落，凉气袭来，人倦怠，慢慢就睡过去了。

日从西升，早炎午凉，春凋秋荣，冬温夏寒，陨霜不杀草，此悖乱之征。可年年如此，一甲子如此，也就如影随形，视而不见了。

所有东西都掉到黑暗里了。我不怕。夜里我视线更好。我能辨别各式各样的黑。茅草的黑一条一条，毛茸茸的，扫得人心里难耐，合欢树的黑一团一团，像云彩，将飞欲飞。从河坡往远看，是绵延的黑，无边无际，轻薄均匀，再往下看，是一条缓缓流动的、发亮的黑带。那就是大河了。我能根据那黑带起伏的强弱、黑色条形的宽窄判断出是哪个月哪一天，是汛期来了，还是水回落了，第二天是要下雨，还是晴天。我有自己的计算方法。

再往远处，就是那连天遮地的浓黑色了，不祥的黑色。我盯的就是它。这些年，它一直在长大，体形越来越大，越来越可怕。

起先，我看到的只是一团团模糊不定的绿色，在阳光下虚浮飘移，忽远忽近。从灵子来那年起，这绿色就越来越凶猛了，吞噬着村庄、树林、庄稼，一路奔腾过来。突然间，我看清了它的形状。那是一头庞大无比的狮子。

夏天，它的毛发变绿，蓬勃狂妄，茂盛无比，它的腿不断往前跨动，那绿色澎湃翻滚，席卷一切，朝河这边逼过来。冬天，植物纷披在它身上，层层叠叠，金黄灿烂。它威武精干，养精蓄锐，保持着千钧一发的张力，耐心等待抓捕猎物的时机。

我丈量那头狮子和我这边之间的距离。我打枪百发百中，我眯起左眼比我睁着双眼看到的东西更清楚，计算更准确。以我面前的那两棵合欢树为两准星，以河对岸沙滩上那个棚屋为第三星，我能大致量出棚屋身后那头狮子的远近。

它就快要跨过来了。

刚注意到那头狮子时，它只是一团模糊不清的轮廓。

我视线里最清楚的是那个棚屋。它几乎和我来的时间一起出现。

我看着那家人把棚屋一点点盖起来。那青年壮汉和他的女人。他们扛来木头，拉来砖头、黄土，在河坡里四处割芭茅、晾晒，把鹅卵石一块块拣出来，堆在水边。一天天，一月月，终于，水边的那一片鹅卵石乱滩变为一块平整的空地，拣出的鹅卵石变为堤坝，四圈的木头、茅草、砖头高高摞起，等待着发挥自己的作用。他们开始造房了。这时候已经是三个人了，他们身后多了一个摇摇晃晃的小孩。没人帮忙。他们在空旷的河滩，在白得让人发慌的鹅卵石堆后面埋头苦干。雨朝他们泼过来，风朝他们吹过来，他们躲在草堆后面，一待风雨过去，就又起来，捡起被吹倒的砖，拾起被刮散的草，继续干。那棚屋上的茅草是在秋天搭上去的。那青年壮汉很懂得建筑，他在屋梁上一层层打木格，又在木格上一层层铺草，密不透风。从早到晚，他悬在房子上，像一只蚂蚁，耐心地筑巢。河水泛滥、草木荒凉、世事更迭，都与他无关。

他们又扛来一根根木头，放到河边。那男人下到水里，一根根打下木桩，又在木桩上面绑上粗麻绳，麻绳上铺一层层木板，一座简陋的木桥起来了。

人就多起来了。来来往往的人。女人挽着小包袱，穿着新衣，朝着这条捷近之桥走过来。他们要回对岸自己的娘家，男人拉着车，带着新鲜的蔬菜、刚打下的粮食到对岸的集市来了，那些年轻的男孩女孩在桥上逗留，你追我赶。

那家人只在桥桩晃动桥板脱落时才出来。人们看一眼忙着修补的他们，连招呼都没想起来打，就又往前赶路了。

冬天的时候，他们带几只麻袋，也走上桥，过桥，往各个村庄去了。傍晚的时候，他们背着鼓鼓囊囊的麻袋回来，有时是两满袋，有时只少半袋。他们在院子里摊开一个草席，把麻袋里的东西倒出来，苞谷、黄豆、绿豆、红薯、辣椒，各样东西都有，他们认真地分拣，宝贝一样，一点点收拾到不同的篮子里。

金黄的芭茅屋顶变为黑色了,一年年的日晒雨淋,它们和泥、砖成为一个整体,黑色的棚屋扎根在白色的鹅卵石堆里,成为河的一部分了。

那男人头发变白,不知什么时候消失了。那摇摇晃晃的孩子头发也开始白了,和他父亲一样,和鹅卵石河滩融为一体了。

时间又倒了回来。一切又回到原点,什么也没有发生过。

只有这副骷髅头伴着我。我被扔到那个黑洞里时,这家伙狠狠垫了我的腰。我醒过来,就摸到它,摸到我自己的头,真是上天助我。在血溅白练、头颈分离那一刻,我唯一担心的是找不到我的头。找不到头,我就永远尸首分离,就永远没法再思考、说话,没法再看这人间世了。我用软藤条把自己的头重新缝到脖子上,再开始打理这副骷髅头。我不想再过哪怕一刻没有头的日子。我得有准备。

它比我的头还大。天灵盖上的顶骨坚硬、厚实,上下颌骨宽大突出,应该是个强壮的年轻人吧。头颅上还连着几节颈椎,最后的断口斜着下去,骨头也不平整。他应该是被人抢劫后砍杀,而杀人者并不熟练,只是临时起意。这河坡太偏僻了。或者,就是仇杀,在互相搏斗中被杀掉了,被偷偷抛在这荒坡野岭?也或者,他和我一样,曾是革命志士,满腔热血,最后被奸人一刀砍下头颅?

我杀过人,大刀砍过,手枪毙过,在战场上肉搏过,咬掉耳朵,打碎眼睛,看着人倒下,没有呼吸。我从没想过人死后是啥样子。战场上成堆的士兵，东歪西扭，躺在炮弹坑沿，挂在树枝上，漂在河里。刑场上枪毙的那些人一个个倒在地上，那地上有猪粪、狗粪，有刚下雨后发黑发臭的污泥，鸡在旁边刨食，啄出一个个眼珠，耐心地把它们吞下去。

到最后，那些尸体，那些头、胳膊、腿都到哪儿了？是不是都像这小伙子，到了哪个阴暗角落，永远不为人知？

他颅内的土几乎和头颅石化为一体，我拿小石头一点点把它们磨碎，掏出来，我把他眼眶里的虫子、石子一点点清理出来，把塞在他牙缝里的草根碎叶一点点拔出来，又用树叶把他的头颅一点点擦干净，擦到洁白闪亮。我用手筛出最细的土，和成泥，做成泥丸，把他的头颅填满。每年春天雨水来的时候，我都换一次泥丸。我有足够的时间做这件事，也只有这一件事可以做。我给他讲我的一生，我的不甘，我的愤怒。他默默听着，用他光滑的头顶骨碰我的手。

更多时候，他和我一起，看对面的合欢树，看远处的河，看来来往往过桥的人，看棚屋里的一家人老去，年轻，再老去。

只是那头狮子，已经悄无声息地蹲到了棚屋对面。它时而抬腿砸向棚屋，时而把棚屋含在嘴巴里，玩得不亦乐乎。

按这样的视线来看，它离棚屋至多一里地了，而棚屋，离河道只有两百米，而河道，离河坡这边，不过三百米。准确来讲，那狮子，离我们就只有二里地了。二里地。二里地啊。

狮子快要扑过来了。我日日盯着它，我的屁股在朝下扎根，头发一根根竖起，心在慢慢膨胀，心跳越来越响，我牢牢蹲在地上，盯紧那狮子，和它对峙。我知道，那汹涌的绿波扑过来，会吞掉一切，我前面的合欢树、香椿树、野樟树、野槐树、榆树、构树，我身边的灵子、立挺哥，我身后的整个村庄，火一样的日头，谁都无法幸免。我不能让它扑过来，我的任务还没有完成。

我梦见无数闪电扭结成一股，穿过那把正在扬起来的斧头，咔嚓嚓劈向我，我梦见我娘和梅花朝我伸着手，她们在往下坠落，我手还刚伸出去，她们就不见了，我梦见那头狮子纵身扑过来，遮天蔽日，啥都被盖住，一切归于黑暗。一统的、不分厚薄和形状的黑暗。

我不会让狮子扑过来，我不会让它把大河毁了，把村庄吞了，把人埋了，我还有事情没有完成。越王卧薪尝胆十年，我餐风披土一甲子，我要等待时机，我要复仇。

龙　葵

你看那个大哥哥！

他都在这儿好多天了。他头发光光的，一会儿就从口袋里掏出个小梳子，另一只手拿着小圆镜子，照着梳啊梳。我能看见镜里那个人，眼睛黑黑的，像盛着水，水都快要溢出眼睛，伤心得要死。可他嘴角还在笑。他不看他带来的那群羊，只看天上的大日头，半天都不动。

天一黑下来，他就变了个人，来回转圈儿，把蚂蚁草都转晕了。他一会儿大声嚷嚷，一会儿吞着气捂住嘴，和谁吵架一样。可圆圈儿里一个人影儿也没有。

连个人影儿都没有。这个地儿太偏了，只有那些急着赶路的人，才会从这儿走，可他们过来时跟兔子似的，挖开跑，跑着还四下里看，像是有啥撵着他们一样。这儿有谁？不就我们仨？谁会吃了他？巴不得有谁过来呢。

白天里虫飞鸟叫，叽叽喳喳，河远，水也远。天黑下，水慢慢回来了，哗，哗哗，哗哗哗，拍着沙，在鹅卵石上打几个转转，和水草亲儿下，又往前走。春天一来，水就更近些，好像攒了一个冬天的劲儿，快活极了，蹦着跳着往下跑。

空气软得很。草啊、花啊、泥啊、鹅卵石啊、水啊，各有各的味道，混在一起，灌到我心里，我只想动，我又活过来啦。毛虫、千脚虫、蚰蜒、蛴螬、屎壳郎们在我身上爬啊窜啊，围着我，爬到我腿上，粘到我指头缝上，争着和我说话。我得挨个儿打招呼，它们爱争风吃醋，挤挤蹭蹭，要抢占好位置。我还得给那些草啊根啊排位子，说说话，不然，它们就拿那些带毛刺儿的叶子、枝条、小果子，在我身上蹭来磨去。

我又想我爹我妈我哥了。胃里有个湖，湖里又起大浪了，一个漩儿接一个漩儿，翻江倒海，打得我浑身疼。

妈在堂屋角落里扇灶坑里的柴火，连下了好多天雨，麦秸湿透了，咋也点不着。妈说灵子把你作业本拿过来撕几页，做个火引子。那不行啊，我作业本的反面还没使，撕完了你又不给我买。妈一个柴棒扔过来，说，你这死妮子，就会犟嘴，你爹都快回来了，吃不上饭招呼着他打你。我说妈你是怕爹打你吧。

我从我的小书包里掏出我的语文作业本，我舍不得，又掏出数学作业本，更舍不得，旁边的算式还有可多空。妈一把抢过我的俩本子，嘶啦一声，我的语文作业本前几页带皮被撕下了，妈拿火柴点着，放到灶洞里，又把几根细柴架到上面，细柴慢慢红了，着起来了，妈又在上面铺几把麦秸，灶洞里火大起来了。

我拿着被撕坏的作业本，站在旁边。妈没顾得上看我一眼。

爹回来了，身上的雨摔得到处都是。一下雨，地里没活干，他和哥就不知跑哪儿去了，到吃饭点儿，就自己回来了。

爹瞪眼看我，说，死妮子，站屋中间干啥？

我说，爹你看，妈把我作业本撕了，她还高中生呢。

爹说，撕了就撕了，反正也上不了几天学。认识几个字就行了。

人家小玉爹天天给小玉买小人书，还买文具盒。

人家是人家，咋了，还眼气了？

爹扭头看还在屋角忙的妈，一脚把小凳子踢可远，大声嚷着，窝囊死了，一上午闲得没事，连个饭都做不好。

妈把锅铲在锅里使劲顿几顿，没说话。

天是灰的。湿淋淋的。老槐树、苦楝树耷拉着脑袋，顶着山墙的那几根树枝像要戳到房子里面去。房子外的泥到了屋里，裹着屋里的灰，变成一团一团。人也一团一团蹲着，隔一会儿就像神经了一样,发出哄笑声。爹的声音最响。我睡不着,地下的凉气爬到草席里,又爬到我身上,我冷得发抖。我从草席上爬起来,往堂屋去,那里还有一个木头疙瘩在烧。我想过去暖和暖和。

爹看见我,收住笑,喊着,死妮子,都半夜了还不睡觉,快回去睡。

他的话像刀子,他看我时眼睛也像刀子。

我又回去,躺到草席上。

我听到有人说,泽远啊,你都生了她,何必呢?

爹说,就是扫帚星,克死她奶还不算,把她哥也克傻了,说不定哪天我都被克死了,你没看算命瞎子从她旁边走都离可远。

自家闺女,别胡说。

儿女就是来索你命的,我早看开了,好吃的自己吃点,腿一蹬,儿女哭不哭,还不知道呢。

爹的声音越来越远,变成一片片羽毛,漫天撒过来,盖在我身上,我浑身越来越暖和,我睁开眼,妈站在我面前,眼睛红肿着,她把自己盖的薄被子拿过来了。我往被子里使劲缩了缩,睡着了。

哎呀,你打疼我了啊,小龙葵,你又回来了?

是啊是啊,灵子姐姐,你好啊。龙葵拿红通通圆溜溜的果子一颗颗丢我。

你还记得你灵子姐姐啊?说走就走,一个招呼也不打。

嗯,我不吃,不好吃,像个小气弹一样,一点味道也没有。

好吃好吃。小龙葵又往我嘴里丢一颗。

你又想坑我。我把龙葵咽了下去,低声说,可别让你们立阁爷爷知道了,他不让我吃,说没味道的东西肯定有毒性。

哼,有人想吃我们还不让他吃呢。小龙葵蹦蹦跳跳,朝立阁爷爷那边晃着脑袋做鬼脸。

我的腿被啥东西使劲割了一下,又刺又痒,我低头一看,拉拉藤正瞅着我。

拉拉藤啊,你的小籽籽白白胖胖,真可爱。

拉拉藤还瞅着我。

啊我忘了。八仙草,八仙草,对吧?

是啊是啊,灵子姐姐,你好啊。拉拉藤晃着脑袋向我笑。

苍耳滚到我身上,在我胳膊上、手上四处扎。

你们这些坏家伙,赶紧滚,不吭不哼就走,说来就来,我不会理你们的。

小苍耳笑得喘不过来气儿,在我身上翻跟斗。

刺角芽你开粉红花也没用,你不好吃,我吃你一次拉一次肚子,不过妈说,你可以止血,我原谅你啦。哎,你这抓地龙咋又盘我身上,能不能松点儿轻点儿,我都快出不来气儿了,小羊羔会来治你的,我告诉它们,非把你的根啃出来不可。啊虎尾草你也来了啊,你咋还不老?毛茸茸秀气气的,嘿嘿,和我一样。泥胡菜剪刀草,粉红小顶球,能治风疹和瘙痒,野苋菜、灰灰菜、婆婆丁、黄黄苗、扫帚菜、绿莹莹、圆蓬蓬,真可爱。蓝色蝴蝶眼的狗卵草,黄花灯笼样的风铃花,十个花瓣的小鸡草，不开花的荠菜，你们都来了啊。你们这些小坏蛋，到底想我了没？

灵子啊，你就别问好了，说了多少遍，那龙葵不是去年的龙葵，八仙草也不是去年的八仙草。一切皆变，这一刻和下一刻就不一样。

看，你们立阁爷爷又说我了。那些草啊花啊，一听见立阁爷爷的声音，立马把头缩起来，一动不动。

立阁爷爷，不是你教我的吗，"野火烧不尽，春风吹又生"，那你说，要不是去年的草，那"又"字从哪儿来？

那是诗人瞎编的。你看见谁死了又活过来了？立阁爷爷挥舞着他手里的骷髅头，嚷嚷着。

长老爷爷，你听，我立阁爷爷说人死不能复活。长老爷爷你说句话嘛，别捋胡子啦，你再捋，胡子都生气了。

灵子，别听你立阁爷爷的，他啥都不信，一个可怜人。

长老爷爷说话声音低极了，又慢又冷，听不清楚，不知道说些啥。反正只要和立阁爷爷反着听就行了。一到春天，长老爷爷就犯糊涂，说话颠三倒四，一会儿喊着"火，火啊"，好像火一直在烧，他都怕到骨子里。

立挺哥，我是想信你，可只要你还在这儿，我就信不了啊。

在这儿多好啊，我就喜欢这儿。立阁爷爷你再给我讲讲，你看这棵草快长到我手里了，它是啥科目，叫啥名字啊？我又忘了。这次我一定认真听。草发芽了，空气开了，日头暖和了，我都想蹦起来了。河里水多了，人就要多起来，路就不空了。来来往往，多好啊。我想跟他们一起走，走到棚屋那里，看看那家人到哪儿去了。哎，立阁爷爷，你看，那个大哥哥，他都来三天了。他在和谁说话？咋又哭又笑的。你看他是不是很帅啊，要是他能抱我一下就好了。

小蚂蚁的细腿摆着，拱来拱去，一边听我说话，一边和同伴叫喳喳，生怕自己少说一句话。龙葵、苘麻、抓地龙仗着自己根粗茎长的优势，"咔咔咔"使劲往里钻，要钻到我心里，要在我这儿争最大的宠。太痒了，我忍不住笑啊笑。立阁爷爷一听我笑，就转过脸。

雨来了。长了腿，急慌慌的，顺着土缝往下走，钻到我鼻子眼睛里，水在我脸上浸着，湿润润的，真美呀。

我最耐烦春天。春天来了，雨就来了。土一湿，日头一晒，那些花根啊草根啊就会膨胀，就会发芽。过不久，它们就青翠欲滴了。

青翠欲滴。

语文老师讲这个词时，刚好我在看教室外面，就看到了青翠欲滴的大树了。那时我腿还没断，还能上学。说也奇怪，在那之前，我从来没看见过那些树，也没想过它们的颜色，我觉得家、学校、村子都是灰的，灰蒙蒙冷冰冰，可老师一说"青翠欲滴"，我就看见它们了，它们就种在我心里了。一到春天，所有树就都"青翠欲滴"了。立阁爷爷笑我只会用这一个词，他教给我"郁郁葱葱""翠色欲流""翠意盎然"，不好，都不好，不是颜色太重，就是声调太重，我还是喜欢"青翠欲滴"。

"啪",一个粉笔头扔到了我额头上。我吓得一惊怔,扭头发现老师正看着我。

你在癔症啥?从上课到现在,你看过黑板没有?

我看着老师。

老师又一个粉笔头扔过来。这下打在我眼睛上。我眼皮疼得直跳。

瞪啥瞪,死鱼眼一样,不会笑不会哭啊?

班里又一阵哄笑。

老师拿着粉笔头一个个扔过去,边扔边说,韩小松你笑啥?就你那歪瓜疙瘩梨还笑别人?韩笑你就知道憨笑,怪不得你爹妈给你取个这名字。

大家笑得更响了。我呆呆地看着老师,不知道该哭还是该笑。

老师看到我,眉头皱了皱,一股厌恶的表情露出来。他朝我吼了一声,韩灵子,你过来!

我站起来,走到老师面前。

你瞅你那样子,还瞪我,咋了?不高兴了?你看你,头也不洗,虱子都在上面打架,衣裳也脏成啥,你妈没教你咋洗衣服啊?天天癔症巴脸的,都在想着些啥?

想啥?我在想青翠欲滴。我看着外面的树,杨树,杏树,槐树,还有老榆树。我第一次看见它们。我心里被啥东西荡漾着,只想出去,跑到青翠欲滴下面,闻闻它们的味道。

去,去,出去站外面去。别在我面前烦我。

我听见老师的话了,我飞一般跑到教室外面。我没站在平时站的位置,那位置只能看见对面老师的办公室,他们老瞅着我笑。我跑到操场,跑到大杨树那里,站在树下。风轻轻吹,鸟儿一声接一声脆叫,空气香极了,树叶的香,带着青草气和树干气。

天亮起来了。

我看见了另一个世界。

那个大哥哥还不走。我又喜欢他,又怕他。他站在我面前,像专门让我看他。大日头要东落了,那群羊围成圈儿,卧在他旁边。他坐在地上,过一会儿,就站起来,东、西、南、北转一圈儿,一一看过去,查定没有人,才又放心坐下。他坐下时身子笔直,一动不动,只眉毛不停抖,像把小刀,跳来蹦去,快把自己眉心给割破了。他眼珠子全是黑的,看不到底,死死瞪着一个地方。就这样子,起来坐下,坐下起来,我的头都快被他晃晕了。

立阁爷爷,长老爷爷,你们看,那个大哥哥,他在干啥啊?你看,他起来了,又坐下了,又起来了,他咋回事了?

立阁爷爷不知道往远处看啥,嘴里一直嘟囔着。我喊了好多声,他才回过神来。

你看,他在笑呢,可眼泪咋又流出来了?

立挺哥,你看这是谁家娃?你来这边时间短,在那边时间长,还能认出来吧?

知不道啊。长老爷爷眯着眼看半响。

肯定是在城里上班,你看,白面小书生,西装还打红领带。

那咋到这儿牧羊了?长老爷爷揉揉眼睛,又顶真看,莫非……

莫非啥?莫非上帝来接你了?还牧羊呢?我的老立挺哥啊,是放羊,放羊好不好?

主在考验我。主啊,我是你忠实的仆人啊。长老爷爷张着嘴,眼泪流到胡子上。

可忠实,忠实到没人理没人要,也没见你那个主来救你。看这孩子是生病了啊,自说自话,脑壳出问题了?

是啊是啊,明明一个人没有嘛。

那个大哥哥又躺到了地上。掏出小圆镜,对准日头,来回晃,一条条金线从镜子里射出来,在地上碰来撞去。

那些金线突然碎了,晃了起来,地裂了,裂开一个很大的缝,野紫荆、野藤、蚂蚁草,带着一块块土,扑通扑通往下掉。羊到处乱跑,跑着跑着就掉下来了,它们叫着,叫声离这里越来越近,凄惶得很。

立阁爷爷,咋回事了?你看,天晃起来,地也动起来,大哥哥也要掉下来了,咋办啊,大哥哥会摔死的。

立阁爷爷没理我。我看见立阁爷爷眼泪流多长,脸却是在笑,他浑身都在抖。

一道光突然照到我眼上。我眼前一黑,再睁开眼,我看到了镜子里的大哥哥。他睁大眼睛,正看着我。

樱花瓣

火又烧起来。刚开花的桃树、梨树砍了，牌子砸了，堆在人身上，烧啊烧啊。起先能听见噼里啪啦的声音，像是身体炸开，头骨崩开，有个小姑娘在不停地叫，"Mum, where are you? I am scared. Mum, Mum"，慢慢就没声音了。俺听见富格牧师不停地祈祷，"God bless you" "God bless you"。天上有雷在炸，一连串，声音大极了。人们都说是上帝发怒了。火一直烧啊，几天几夜，整座城都是腥甜的味道，人闻一下就想吐，就喝不下水，吃不下饭。人们用纸又糊一遍窗户，拿布把门缝堵住，拿棉花把鼻孔塞住，都没用。你一张嘴，那腥甜味儿就进去了，粘在你舌头上、腔道里，想吐吐不出，想咽咽不下。城里人们开始往乡下跑，跑出了几十里，那气味还跟着，一点也没淡。你想啊，里面有几十具尸体，艾士杰、毕翰道牧师，他们的老婆和四个孩子，有俩是刚出生的，还有十几个中国教徒，相当于都是油啊。俺们躲在人群里，不敢哭，不敢叫，不敢看别人，生怕里面有奸细。他们已经抓了几千人，砍了好几百人。立挺啊，俺连夜跑了，跑回河南，跑到你们家。俺不信了，俺要找个女人，好好过日子。后来，听说那个山西巡抚毓贤被处死了，义和团首领也被处死了一百多个人。没事了。山西的信众给俺写信，叫俺回去。俺不想回去了。俺想活，啥都好，活着最好。上帝会记住那场火的。他啥都能看见,他不说话,他习惯了背叛。

那场大火我没见过。那时候我还刚出生。一到春天,天才刚暖和过来,夏牧师就给我们讲那场大火。一天天、一年年地讲。我记得他浑身发抖的样子。他穿的衣裳是青色的,脸是青的,头上的瓜皮帽也是青的,青里透着阴冷。他怕冷,夏天最热的时候都戴着瓜皮帽围着毛领,好像骨头缝里都是冰。这冷劲儿刻到我心里了。我也跟着冷,冷了一辈子。

第一天到这儿,大日头从西边跳出来,热气突然就冲过来,轰隆隆,所有东西都被罩住了。我冷了九十几年的骨头一下子就被晒透了,暖和极了,舒服极了。我说了一辈子,信了一辈子,可看到这光芒四射、大得吓人的日头,我才知道,自己以前不够信,那些信都只是字面上的。我从来没有想象出天堂的样子。

日头往东落。第一个夜来了。冷又回来了。比那儿还冷,比那个黑地窖还冷。

立挺哥,立挺哥啊,你咋才来?你咋也来这儿了?

我听到有人叫我。有几十年没听见这个声音了吧?可一听,我就知道是谁。那声音志得意满,好像能通晓天下事,又心急气躁,恨不得要把天下事都揽到自己身上。

立挺哥你来了啊?你咋也来这儿了?恩义、恩慧呢?他们不管你啦?你那些信众呢?也不管你了?哎呀你胡子都白成这样了?

我搭眼看过去,左边平得几乎都要陷下去的地方,有一个四方黑屋子,我的亲堂弟立阁躺在里面。他手里还攥一个骷髅头。

我还没来得及回答，右边又传来一个小女孩儿的声音，嗨，白胡子老爷爷，您好啊，我在您右边，对，对，就是这边。我叫灵子，灵巧的灵，不是铃铛的铃。你也是没人要、没人管了？多可怜啊。不过你别担心，我和立阁爷爷会和你做伴，我立阁爷爷可会讲故事啦。

一个红脸膛、黑眼睛的小姑娘正瞅着我。她朝我笑，笑声又脆又甜。

等了你多少年，可等着你了。立挺哥，我娘和梅花到底是咋死的？你到底收到我的信没有？我让你捎的那封信你捎给我娘和梅花没有？你给我说说，我等你都等傻了。

信？我收过太多信。那些离开村庄的人，求学的、做生意的、远嫁的，不管是不是我的信众，都把信寄到我这里，我给那些等信的人读信、写回信，还得安抚他们的情绪。他们等信时哭，接到信哭，写回信也哭，高兴时哭，难过时也哭。我不嫌烦，这是上帝派给我的任务。立阁的信，我记得。他是最早给我写信的人。他十五岁离开家到开封府上学就开始给我写信了。开封府、北平、日本、上海、广州、云南，他走一路，给我写一路信。他总说我没出过远门，他是在给我普及新知识。他喜欢卖弄自己，新知识旧知识，《论语》《易经》、民主、科学、算学、英语，啥都要说两句。

烧了。都烧了。一本本书、一封封信红了，卷了，黑了，飞上天了，一张张，旋来旋去，就是不愿意走，还是一页一页的形状，打都打不碎。几天几夜，天都遮住了。立阁家的书，老祠堂里的书，还有匾啊，画啊，香炉、观音、菩萨都烧了，祠堂里的红木材被抬出来烧了，教堂里的十字架也被抬出来放在火里。烧吧烧吧，那个被钉的人在火里还看着你。他不闭眼，谁也不能让他闭眼。

立挺哥，当年我让你捎给你婶和梅花的信，你捎到了没有？

啥也没了，只有火。

你是昧下了，是不是？你不敢捎给她们，你怕她们连累你，是不是？你还信主呢。

立阁爷爷，你别问他了，让长老爷爷想想。长老爷爷啊，你在那边时间长，你知道我爹上哪儿了？我妈、我哥上哪儿了？我爹叫韩泽远，我妈叫钱花婶，我哥叫韩道涛。他们咋不来看我？我家就在公路旁那个拐弯地方，那儿有棵大槐树，记得不？

公路拐弯处的大槐树？我一点不记得了。到处都是大槐树，村子都快被大槐树遮住了，吞下了。我一辈子都在梁庄。我要是没听说过那三个名字，那就是肯定没这一家人。

有，有啊。灵子着急了，她说话快得像小鸟喳喳叫，就在那个大拐弯处，你忘了，那个地方每年都有汽车窜出来撞死人的事儿。有一年一辆大卡车冲过院子，又冲到房子里，我婶子在家好好坐着呢，人被撞房梁上了，你咋能忘了啊？那年我爹我叔几家人还去镇上告过状，说这儿年年死人政府为啥不管。我也是被人推倒，骨骨碌碌滚到路中间，我还没有来得及爬到路边，车过来了。对了，那棵大槐树和别的地方不一样，特别矮特别弯，都快伸到公路里面了，我家房子就在大槐树旁边。在院子另一边，还有一棵苦楝树，一到苦楝开紫花时，全村子都能闻见苦香苦香的味儿。

我一点儿想不起来。

烧了，都烧了。牛啊，猪啊，自行车啊，纸啊，十字架啊，那么多，太多了，它们都在火里，烧了一百多年，还在烧。

我摇摇头。

灵子噘着嘴，很失望，脑袋缩回去，好多天一句话不说。

我只想晒暖儿。我想把所有日头光都吸到我这里来，把我晒透。在黑林子待太久了，都忘了日头、光、暖和是啥样子了。每天，我都一心一意盼着大日头从西边出来，晒着我，我啥也不想。这就是天堂。忘掉一切。已过的世代无人纪念，将来的世代后来的人也不纪念。我慢慢明白，经里这句话不是哀叹，不是谴责人们只顾眼前事，它是在告诉人们一个真理：只有把一切都忘了，才能活下去。

只剩下火，啥也没了。立阁，你要是能回去，你就明白了。

我就想问问你，我娘和梅花是咋死的，谁埋的，埋哪儿了？我的信你到底捎到了没有？我在镇上牌坊后面的树林子里等啊等啊，她们就是不来，樱花都落了一地。火把越来越近，我看见有人拿着锄头、砍刀、棍子往村子里走，我越想越怕，骑着马就往家赶。

立阁爷爷，上次你说是槐花啊，上上次你说是桃花，到底你是在啥树啥花下等你娘和梅花啊？

樱花？我收到过立阁从日本给我寄的照片，一个日本女人，穿着日本装，浑身扭得像麻花一样，站在一棵树下。背面还附着一首诗，"树下菜汤上，飘落樱花瓣"。这诗太怪了，让人头皮发麻，我一下子记住了。我不知道这诗好在哪儿，可我知道，身在日本的立阁是想家了。

要是你把信给了她们，她们就知道到哪儿找我了，我们一家就可以远走高飞了。立挺啊，你是不是没把那封信转给她们，你不会是把信交出去了？你不会啊，你是方圆几十里德高望重的韩长老，人们都信你，我也只信你啊。

火。火对面站着一群人，火里也站着一群人，他们一言不发，直直地看着我。他也在火里看着我，嘴唇在动，像是在和我说话，可我听不见，啥也听不见。我只看见儿子盯着我的那双眼，嫌弃、羞耻、鄙夷，像在盯一个叛徒，像是世界上所有信众看到犹大时的眼神。犹大。我成犹大了。那信装在我裤兜里，都快被我捏烂了，我浑身冒汗，走路打飘，我不知道该咋办，它就像个定时炸弹，随时都要炸响。

老而不死，也是犹大。都九十多岁了，连黑林子里的人都鄙弃我，他们满脸嫌恶地从我身边走过去，像看一摊臭狗屎。我先是关在前面院子里，和一些人在一起，每天报告、学习。后来糊涂了，啥也说不出来了，问不出来了，他们就把我扔到后院。都是些将死之人。来这里的人，都是贪生怕死的人。不敢喝药服毒，不敢上吊撞车，不敢跳楼趴铁轨，可眼看过八十了，村里人开始指指点点，子女无法再留，就自己跑到这院子里等死来了,撑都撑不走。我躺了五年,还死不了。我不吃不喝,冬天躺在雪地里,夏天让日头暴晒,可这副皮囊还在。上帝对我不满意,他不收我,他还要让我磨炼。他们把我扔到地窖里,没人给我送饭,没人再想起我。我不伤心,到这里,我肯定就要死了。

我闻到馒头味儿了。那香味儿熏得我头晕,我恶心、想吐,可我又想吃。我不想活,可我还想吃。我啃地窖里的土,挖草根,抓过路的小老鼠。我在下面待了一年,人们以为我死了,打开地窖盖子,拿棍子戳戳,我还在动。主啊,你饶了我啊,让我死吧。美国的韩长老说得对,我是背叛了你,那时我是软弱了,只要让我吃饭,让我干啥都行。那些生命保护协会的人把我拉出来,让我躺在日头下。日头锥子样扎我眼睛,我啥也看不见。我听见有人在叫我,叫我"爸"。我睁开眼,看见美国的韩长老,他半蹲在我面前,他的头发也白了。他羞愧又愤怒,他不相信我还活着,他万里迢迢被叫回来就为了看我这副臭皮囊。人们围着我,像围着一个奇丑无比、让人恶心的大怪物。我活着,别人就知道,他爹,老韩长老,被上帝惩罚了,上不去天堂,也下不去地狱,在这世间被人憎恶着,他一定是做了上帝不容许的错事了。

那年轻人,我早看见他了。他是不是天使,带着羊群,来接我去天堂?

四 象

镜子掉了。

掉到草地上，松软厚实的蚂蚁草地。碎了。我心里一抖，顿时有些恐慌。

天灰暗昏黄，太阳不知藏哪儿了。我坐在河坡的崖边，看一层层往远处低下去的河坡。突然，河坡里庄稼地和树林之间腾起一阵旋风，卷着灰尘，往这边飞快地移过来，整个河坡像一座座移动的喷井，在各个方位喷发，一路旋过来。正在一旁低头吃草的小黑抬起头看我，眼珠从褐色变成惊恐的黑色，咩咩狂叫，边叫边扭头跑。一群羊都跟着跑起来，一直往坡沿下跑。那坡下很陡啊，它们要掉下去，就没命了。小花，小黑，快回来，快回来啊。我的话还没落，坡就竖起来了，波浪一样，上下弹，那些正在跑着的羊东倒西歪，你压我我挤你，叠在了一起。

小黑——我刚喊出来，小黑就不见了，掉到波浪缝里了。我旁边的坟头、草棵、田地轰隆隆往下掉，我眼前一黑，脚打了个滑，摔倒在地，下面一股强风吸着我，一直把我往下旋，光速一般，头晕目眩。"啪"，我被甩到了一个地方。

远处火光焰焰，嘈嘈切切。太阳悬在树林里，铁球一样，红红的，却一点也不发光。到处都是火堆，有的火旺旺的，有的却只有可怜的一点点。每个火堆后面都站着人，影影绰绰，像鬼魂，一个两个三个，人挨人，人挤人，有的两个人紧贴在一起，有的就站在别人身上，一点也不在意下面的人如何挣扎。他们看着我，挤的不挤了，张着手抓站在他身上的也不抓了，仿佛被什么点了一下，石化了。只过了大约一秒钟，那些人像突然醒过来，神情急切，手朝我伸过来，齐刷刷地，张大嘴巴叫喊着，像涨水时的大浪花一样，朝我这边哗啦啦哗啦啦涌过来。

那不是刚在新疆被车轧死的建业吗？他挤在最前面，脸在淡黄微红的火苗里一会儿暗一会儿亮。他拼命朝我挥手，像是在喊我名字。建业——建业——我高声叫他，朝他挥手。他朝我笑起来，嘴巴也一张一合地叫我，可我还是啥也听不见。他身上的衣服很怪，像是寿衣。周边的人也都一个个长袍大褂，里三层外三层，鼓鼓囊囊的。他们使劲往前挤，可离我还有几丈远时，就好像被什么东西挡住了，他们又是推又是撞，可还是不能往前走一点。他们的脸、身体互相叠着压着，每张脸每双眼，都悲切万分。他们盯着我，像盯一个千年不见的宝贝，都急着想拿到自己手里。

我看见镜子躺在不远处的地上，表面发出惨白暗淡的光。

我爬过去，抓起镜子。明明我看见镜片碎了，掉出镜框了，怎么又好了？我听到一阵咯咯笑的声音，停一会儿，又咯咯笑起来，像是在笑我。又有一个男人的声音，像是在责备那个小女孩，声音很近，在我面前，就是从镜子里发出来的。

我举起镜子，镜子里有个小姑娘，正看着我笑。我擦擦镜片，再看她，她笑得更厉害了。

她看我看她,手朝左边指指,又朝右边指指,捂着嘴扑哧扑哧笑。我把镜子朝左边斜过去,一个怒目金刚式的人看着我,我朝右边斜过去,一个长胡须的、穿白色长袍的人正半闭着眼,从眼缝里偷偷看我。

他们是谁?

我把镜子扣在手中,盘腿坐下,闭上眼睛,深呼吸。呼气,吐气,再呼气,再吐气。我得静下来,我得好好想想。我到底在哪儿?是我的病又犯了?医生告诉我,只要我看到的和平时的不一样,那一定就是我的妄想或幻听幻觉,这时候,就尽量做深呼吸,控制自己。

深呼吸。闭目塞听,万物皆静。不是幻听,不是幻觉。就是有无数的声音,像下雨,唰唰唰,漫天盖地,前赴后继。有长长的叹息,尖厉的呼喊,低低的哭泣,还有笑声,有古老的声音、年轻的声音,男人、女人、小孩子的声音,它们充塞在整个空间里,上下回响。

深呼吸。我睁开眼。天像个盖子,就压在那些人头顶。地上一个挨一个圆坟头,坟尖朝下。远处的树也很奇怪,倒着长,树根在上,树冠在下。太阳呢,就挂在那些倒着的树冠里,快要掉下来的样子,红红的,没有一丝光。

天、地颠倒了,人也颠倒了,那,我也是颠倒的了?

我突然听到小黑的叫声,咩——咩——声音越来越近。小黑还活着。白白的小黑从远处明明暗暗的火堆中跑过来,一个跃起,就跳我这边来了。那些人看着小黑跳过来,也跳起来,朝这边奔,却又被撞了回去。小黑看见我,"咩咩"叫得更欢了，围着我转圈，啃我的脚，拿圆圆的肚子拱我。

我伸手抱它，它不让我抱，咩咩叫着，拖着我转圈。

我翻身站起来，只觉得天旋地转，根本站立不住。我把镜子举起来，小姑娘不见了，只看见镜中的天和地慢慢翻转过来，树翻过来了，太阳翻过来了，红彤彤的，开始发光了。然后，我也站住了，站稳了。

我转过身，发现三个人站在我身后，正直直盯着我。

你们从哪儿来？

我们就住这儿啊。那个穿粉红衣服的小姑娘说。

我看了看她的脸，忍不住扑哧一声笑出来，我赶紧用手捂住嘴。那张脸太怪异，又年轻又苍老，说是天真幼稚，却又沧桑无比。

也是发配充军逃跑的？跑了多少年？嘘，声音小一点儿，隔墙有耳，千万别让人听到。嗨，你叫啥名？

我盯着那白胡子老人，他白袍上面的红十字鲜红刺目，像要浮出来塞我眼睛里。

我是韩立挺。白胡子老人声音温和。

他是咱们这儿的基督教长老，韩长老，你不会不知道吧？小姑娘快言快语。

韩长老？韩立挺韩长老？

你知道我？

应该知道。可我一时想不起来了。

那个怒目金刚式的男人身穿长袍马褂，身体魁梧，右手还

提着一个骷髅头。他神色庄重,抖了下袖袍,像戏中人物亮相一样,朝我作了一个揖:

鄙人韩立阁。

韩立阁?这名字我好像也听说过。肯定听说过。让我想一想,想一想。

我这是在什么地方?

什么地方?那韩立阁大笑起来,声音像洪钟,在昏黑的空间里来回旋,说,地狱,小子,你到地狱了。我等了多久啊,总算让我等到了。

你在等谁?

等你啊,小子。

等我?

等你。我在等一个人,他能带我走出去,带我回到人间,让我完成最后的愿望。

为啥是我?

不为啥,小子,就为只有你下来还在活着。

那些人呢?他们为啥过不来?我指着被挤得变形的那一群群人。

他们?他们被安置得太好了,有唢呐吹,有棺材装,有人烧纸,有人念着他们,他们就得安安生生留在地下。

疯子。疯言疯语。我看着他。韩立阁?我确实在哪儿听说过他。

啊对了,我听咱们村里人讲古经时讲到过你。我跳起来,指着韩立阁说。

有人讲我？他满脸疑问地看着我。

有人讲过，是村里人讲的。

都讲啥了？肯定把我说成坏人了吧？韩立阁急赤白脸的，看来他很注重自己的名声。

说你和韩立挺是堂兄弟，一个被人唾骂，一个受人尊敬。一个坏得透腔，一个好得可怜，真不像一个爷生的。这说法很有意思，我就记住了。

这是哪个狗嘴里吐不出象牙的东西？这仇不报是真不行啊。那个韩立阁气得直抡手里的骷髅头。

那你是谁啊？你爹你爷又是谁？咋跑这河坡上？他又急急追问。

我？我是刘邦介绍来的，打天下均贫富，陈胜吴广造反，七侠五义江湖，大家为一个共同目标来自五湖四海。

我挺直身体，昂首挺胸，左手前握，双目直视前方。

他们呆愣愣地看着我。我捂着嘴笑起来。

小姑娘笑嘻嘻的，模仿韩立阁的样子，弯腰作揖，说，鄙人灵子。灵巧的灵，不是铃铛的铃。

我脑子里突然"嘭"一声，无数东西炸开了花。

娟子，你怎么改名字了？你也被发配到这儿了？你走了多少年啊？

我上前拉住她。她仰脸看着我。那眼神我很熟悉，那瞳仁里有我，我总是化在那里面，迷在那里面，我喜欢住在那里面。

我不是娟子，我是灵子。

你是娟子，你就是娟子，烧成灰我都认识你。

我不是啊，我是灵子，灵巧的灵。

娟子你怎么不认我了？你耳朵后面有个小疤，你说是你九岁那年你家猫抓的，你左脚踝处也有疤，月牙形的，是你去亲戚家被镰刀划过去的，你脖子后面有个痣。娟子，你怎么不在省城？我老板不要你了？这个王八蛋，我早知道有这一天。他不是个好人，我一开始就告诉你，你不相信，你总是和他说个不停笑个不停，你看见我总是愁眉苦脸，你看见他就眉开眼笑。

哎呀，大哥哥，你认错人了，我叫灵子，我就住这儿。你看，我耳朵后面啥也没，脚踝那儿也啥也没有。

我急得在地上打转。太阳隐到遥远的树林后面，半个天空像被血染着了，像女人正在生孩子，那个圆球就要溅到另一个世界了。我有些糊涂了，我使劲敲打自己的头。

娟子，不对，灵子，天黑了你也该回家了。我得赶紧出去，娟子快到家了，我先出去，等她到家后我再回来，这样我回家就比她晚了，她就不会怀疑我了。我不能让她知道我没了工作，我不能让她知道我什么都知道了。她骗了我，她以为我不知道。她看我老板时那眼神我就明白了。他们认识多长时间了？数学联赛我没参加过，国际奥林匹克我没参加过，我在吴镇高中我能把老师找来的卷子做完就是最优秀的了，谁他妈参加过啥竞赛谁知道他们上高中就能出国？他们还是同一个老师辅导过的，他们出国竞赛住在同一家酒店，说隔了十来年，那个接待员还是Julia，就是屁股更大了些。说完又笑。屁股大有啥好笑的，一棵白菜比另一棵白菜大值得笑吗？一个公式比另一个公式更复杂更长一些值得笑吗？我像个大傻瓜，看他们俩在那儿又说又笑。天哪，灵子，我又忍不住了。我有毛病，我说话停不住。我得捂住嘴，我不能说话。有人跟踪我，你看见了吗？他们一直跟着我，从省城跟到这儿，我都逃到这里了，他们还在跟，他们要杀我。他们要杀我。杀了我他们才能好。他们把我抓进去，三天三夜不让我睡觉。他们还让我同事害我，他早就想霸占我的项目。那天我一进去，就看见他站在我工位上。他在往我水杯里滴药，那种药是烂肠子的，一个月两个月三个月，慢慢肠子就烂了，人就不行了。谁也查不出来。嘿嘿，我早破了他电脑进去，他在网上买的，他还没行凶时我就发现了。不对，你们是谁？是不是派来跟踪我的间谍？糟了，我又说多了。

我煞住嘴，看着眼前这三个人。

那个小姑娘，对了，灵子，她身上几乎没有肉，一根根一条条的骨骼挂在皮肤上，身上的粉红花衬衫都烂得快成布条了，脸倒是红扑扑的。那韩立阁，脖子和头用藤条缝在一起，像一只丑陋恶心的大蜈蚣附在上面，手里还拎着个面目狰狞的骷髅头。那韩长老被长长的白袍裹着，白胡须快到胸前了。他们像走了八百年，满脸满身都是灰，他们像是好多年没见过人，争着和我说话，又急着听我说话。噫他们比我还疯。我捂住嘴，强忍住胸腔里越来越大的笑声，我往韩长老身边凑过去，顺顺他的白胡子。

八千里路云和月，三十功名尘与土。莫等闲，空悲切，白了少年头。善人长老,好人长老。长老好。鄙人韩孝先。

我学韩立阁,也向他们弯腰作揖。

立阁爷爷,长老爷爷。灵子声音脆得像铃铛,不停地叫,你看,他到咱们这边了,到咱们这边了啊。

我朝他们弯腰拱了拱手,说,哎呀,失礼失礼,有失远迎。我爹叫韩忠义,是长老爷的忠实信徒,我不知道我老爷叫啥名字,我只知道他外号叫"杠子头"。

杠子头?你是杠子头的曾孙子?

韩立阁声音像口钟,嗡嗡响,震得自己身上的土簌簌往下掉。他的五官来回错位,像是水流撞击泥岸不断回旋。他控制不住自己的表情。

你可知道,你那杠子头老爷砍过人?

我看着韩立阁,他的表情像要把我吃了。

你看。他用手摸自己的脖子,在蜈蚣样的地方来回蹭了几下,说,这就是你杠子爷砍的,到现在,阴天还有些疼。这些年,我一直等啊等,总算等来了个人。我要复仇,我要回梁庄,我要问他们,我韩立阁究竟咋对不起他们,他们竟砍了我,他们把我娘和梅花到底咋了,我要问,我都憋一甲子了。

孝先哥哥,你知道我爹我娘到哪儿了吗?我爹叫韩泽远,我妈叫钱花婶。我想问问他们咋一直不来看我?

灵子上来拉我手,她的手冰凉冰凉,像冻了几十年了。

我就想再看看我家门口的歪脖大槐树,想再看看那棵苦楝还在不在,我想再找找小玉,我想给她说,她每年来坟园站的那个地方下面就是我,她说的话我都听见了,我想谢谢她还念着我。

灵子一个字一个字往外蹦,可语速又快极了,像豌豆从豆荚里炸裂,啪啪啪相互撞着,都想抢着出来。

那成群的人离我好像又远了些。我一看见韩立阁他们三个,那些人就远了,好像他们不在一个空间,只是一个大背景,一群毫无意义蠕动着的生物。

灵子说,他们和我们,谁也听不见谁,谁也过不到谁那边,他们有人照顾,有人给钱,有人哭他们念他们。我们没人。孝先哥哥,你和我们一样,都是可怜人,所以,你到这边来了。

脚下又动了起来,千军万马,轰鸣着,大地在颤抖。我的头像要爆炸,有人在我脑子里挥着斧子,一下一下凿一个大洞。小虫子圆球一样的眼睛瞪着我,蚂蚁草一点点变粗,里面的空芯快能塞进一个人,树上的叶子厚得能砸死人。我们几个站在世界的边缘,就快掉下去了。

我弯腰抱起小黑,大声喊,立阁爷,长老爷,灵子,走,快走啊,地又要塌了。

土哗啦啦往下掉,树被埋住了,那些圆圆的坟头被埋住了,朝我伸着手的人也不见了。我努力往上爬,攀着树根,手插到土里,对抗着下面的吸力和旋风。小黑搂着我脖子,安静极了。

立阁爷、灵子和长老爷身轻如燕,稳稳地往上走。那些土块、石头、树根从他们身边纷纷落下,没有吹动他们一丝头发,也没有影响到他们的步伐。

太阳跳进树林里,像幕布收起,大片的红色消失了,天黑了。还来不及眨眼,太阳又从西边跳出来。大极了。红色巨轮一样,悬在天边,有火焰往外喷。

天又亮了。

我回到地面上了。

我使劲呼吸,让空气灌满我的肺。我听到蚂蚁草的抱怨声,它支起身体,拿草尖顶我,抗议我压倒了它,它讨厌我呼出的气,讨厌我身上的味儿,馊的咸的臭的。

灵子蹲下来,轻轻抚摸它们,嘴里模模糊糊说着什么,那些草变得温顺了。我听了一会儿,看着蹲在地上安慰它们的灵子,轻轻踮起脚,站在只有土的地方。

坡下合欢树的细叶子正努力张着身体,吸空中的水分,每喝一口,它的绿色就深一点,叶子就厚实一点,香味就更浓一些。我盯着它们,看它们一张一合,一吞一吸,越来越大。

我听到小黑胸腔里血液流动的声音,心脏跳动的声音,听到远处有小花的声音,还有另外一些羊的叫声,他们正朝我跑过来。

我又回来了。回到人间来了。

立阁爷比我话还多。这是哪儿,那是哪儿。他说以前不是这样的,以前他家的大院都伸到河沿上。他坐在他的红木太师椅上,听着外面水流声,喝着他武夷山朋友寄来的红茶,方圆几十里就他一个人喝红茶。他说以前村里没有芭蕉没有樟树,他从云南带回来种过,一棵也没活,村里只会长那些土不拉叽的槐树、榆树、楝树。他问他家院子到哪儿了,他要我找村里的老人,他说他要复仇。他要复仇?他都成这样子了他还要复仇?

哪有什么大院子,哪有雕花红砖、兽脊飞檐、红木屋架?河沿上都是空屋,那些野草四处疯长,早把屋子给侵蚀掉。

立阁爷不相信。他要往黑林子那边去,他说那个方位才是他家的位置。我说那黑林子不能进,那方位通向黑暗。他吼我说,小子,你就是有八百个方位,这村子还是会被水淹,被狮子吞噬,被植物占领,你还在说方位?你看这芭蕉疯长,椰子树长得比天高,槐树根扎满全村子,灾难就要来了。

嘻他比我还疯。我看他眼睛我就知道,他和我一样,也是个疯子。医生说我有被迫害妄想症,他不信我的话,我说真的看到了,我发现了不该发现的秘密,他们彬彬有礼、助人为乐、一心为公、善良纯洁,他们一发现我知道他们的秘密就开始迫害我,把我赶出读书会,把我娟子抢走,把我工作抢走。他们做通我爹的工作,把我领回来,扔到那河坡上,不管不问,要让雷劈死我,电打死我,雨淹死我。可他们要想骗我去黑林子,门儿都没有。我爹说那里面关着一些野人、抢劫犯、杀人狂、食人魔,专吃小孩子。我看见过有人跑出来,鬼一样,大喊大叫,最后,一群人出来把他按住,又带回去。

立阁爷说,像鬼怕啥?我就是鬼。我就是专治那些坏蛋的,我骑着马,还没到丽县的大街,那些坏蛋就跑掉了,他们闻到了死亡的味道,那马的"哒哒"声就是索命声。

风吹着立阁爷,他的衣服一片片被吹走,手里的骷髅头哐嘟嘟响，里面的泥丸子像铃铛。走着走着，他就到了前面，他左右抡着骷髅头，想劈出一条路来。长老爷胡须嗫嚅着，像要说话，却没有发出一点声音，他不情愿出来，也不想跑。我喜欢灵子，她老盯着我看，眼睛里全是惊奇和欢喜。

黑林子里灌木盘根错节，构树、蒺藜、栾树，横铺竖长，层层叠叠，黑压压的，一丝光也透不进来，不时有大黑鸟扑棱棱飞过去，带过来一阵阵臭气，让人恶心、想吐。地上青苔油光青绿，一脚踩上去，又软又硬，吓得人头皮发麻。

立阁爷突然弯腰大叫，立挺哥，你来看啊，红砖，我家的红砖。

树根下有成堆成堆的碎砖瓦砾，立阁爷把砖给长老爷，又弯腰蹲下，一块块捡起来，用袖子、树叶擦，一边叫喊着，这是我家，这是我家啊。那砖慢慢显出了红色，砖上是一个个四方立格，每格里面都是浮雕图案，五叶花瓣、百鸟朝凤、观音送子、财神到家，倒是精致。

他怀揣碎砖烂瓦，拨拉着枝枝叶叶，急急往前走。

林子前面有白白的光反照过来。是一条土路。路中间还有深深的车辙。路尽头是一个带铁栅栏的大院子。

是我家的院子啊。立阁爷跑得更快了，他趴到滑腻腻的青苔墙上，亲正慢慢爬的蜗牛、没来得及跳开的壁虎和呆头呆脑的蜘蛛，又哭又笑，嘴里念叨着，这是我家，我家啊。

长老爷的胡子抖着，一句话也不说。

铁栅栏没有关。我们走进院子。一个四方大院。中间一大片空地，草沿着砖缝长，也成了一块块四方形状。院子两边是两个长廊,主房是一座二层楼房,不是平房,斜形屋架,像一座古老的城堡。

院子里静极了,偶尔传来小虫胆怯的叫声。

院墙角的一株青色植物动了动,停了下,慢慢站起来,朝我们走过来。又有一株青色植物站起来。一株株植物都站起来,抖动着僵硬的身体,朝我们挪过来,没一点声音。他们越来越快,越来越快,恶狠狠地朝我们扑过来。

杀人犯,食人魔。快跑——灵子,立阁爷,长老爷,快跑啊——

立阁爷没往后跑,他往前冲过去,大叫着,你们是谁?为啥住我家院子?

那些青色植物人突然又弹了回去,一动不动。我们往后退,他们往前。我们往前,他们又退回去。

我手里拿一根棍子,站在院子中央,高声说道,我叫韩孝先,这是韩立阁,韩立挺韩长老,灵子。这是韩立阁家的房子,你们为啥住这儿?

那一群植物齐刷刷站好,双脚并拢,梗着脖子,大声喊:坦白从宽,抗拒从严,努力改造,争做新人。

嘻太好玩了。他们疯了。这世界都疯了。

你们回家吧,我代表上帝、佛祖批准你们回家。阿门。

我在胸前画了个十字,又双手合十朝天拜拜。

有人突然跪下来,头"啪啪"在地上磕。接着,又有人跪下来,再接着,一群人都跪了下来,头"嘭嘭"磕着。

你们这些杀人犯、食人魔、罪大恶极的人,都回家吧。从此以后，你们要改邪归正，好好做人。

我拿棍子一个个点过去，大声说，起来吧，起来吧。我扭头看着韩长老，得意地问，长老爷，上帝饶恕人是不是就是这样子？

院子尽头的一扇门开了。一个男人从门里走出来，头发油光锃亮，全部梳向后脑勺，肚子往外挺着，一座小山似的。他站在院子中央，环顾四周，手里掂一根又黑又粗的棍子。又有几个年轻人出来，同样的棍子，在他们屁股后面上下颠簸。

我的屁股在尖叫，我的腿在抽筋，我的眼睛在四处躲闪。它们怕那东西。

谁在叫啊？那男人高喊一声，声音里还带着笑。

我耳朵不属于我了，它抖啊抖，想脱离我身体，想把自己塞起来。它熟悉这声音，害怕这声音。

那些正嚎叫着的青色植物像弹簧一样，唰一下跳起来，收住嘴巴，头支棱着，眼睛垂着，双手贴臂，身体使劲往上挺。

那男人看见站在院子中央的我们。

哈，是你，是你啊，想这里了？你还自己跑回来了？

他围着我转圈，上下打量我，像老虎盯着筋疲力尽的猎物，像刽子手看着即将成为他刀下鬼的犯人，眼睛里带着要饱餐一顿的笑意。

跑，跑啊，立阁爷，长老爷，灵子，快跑啊，他们来杀咱们了。

要跑，一定得跑。不要迎着枪口不要视死如归不要坚贞不屈不要同归于尽，那是傻蛋的理想主义者们的噱头，你没有被大灯泡照过你没有七十二小时不睡觉过你没有被架过飞机没有被用牙签撑过眼睛就不要去空谈什么理想，那都是骗人，那个人的棍子戳过来闪一下光你就都完了你就会把理想抛到九霄云外你就知道啥都可以放弃啥都好活着最好……

我身后传来雷一样的笑声。

你这个小疯子，小疯子，别跑，过来，过来啊。

他突然提高了声音：

477号，回来！

我不要停，不要停，可身体却不听我的指挥，它听那个人的，它被魔住了。我转过头，听那男人吐出毒蛇一样的数字：

477号，报名！

我双眼垂地，双手贴臂，身体使劲往上挺，大声回答道，477号，韩孝先。

犯了啥事儿？

清风不识字，无事乱翻书。人不犯我，我不犯人，人若犯我，我必犯人。他给我毒药，我给他匕首。

判了多久？

三年四个月。

为啥又回来了？

想死你们了。

那男人看着我，嘴巴使劲瘪着，努力不使自己笑出来。

报告，我还带回来三个人，左边这位是韩立阁，右边是韩立挺韩长老，最右边是灵子。

我头挺得笔直，只用手指了指我的左边和右边。

那男人嘴快瘪到耳根上了，他手捂住肚子，腰往下弯，头却拼命往前伸，他笑得都快死了还在笑，边笑边说，韩孝先你疯病还没好啊？

我爹说了，这里面关的都是杀人犯食人魔。可我立阁爷一定要来，他说这是他们家的房子。

是。立阁爷声若洪钟、自信无比地说，是我家的房子，这只是内院，你看那走廊，木头是红木，我从云南运来的，红砖是我在泉州请人烧的，你出来那屋的屋梁是檀木，香得很，是我爷从南洋人手里买的。

哎哟我的妈啊，477号，你这病是越来越严重了。

那男人腰快弯到地上，他的筋被人抽掉了。

你立阁爷在哪儿？你的房子？我来这儿都快四十年了，没听说这是谁家的房子。你没看都破成啥样了，你得感谢政府把它收下来，不然，早就没影了。

空中突然传来钟声，咣——咣——咣——有人大声宣布：

自由活动时间到。

那些青色植物抽条样软了下去，有的瘫倒在地，一动不动，有的扶着墙，大口喘气。

其中一株大植物朝我走过来，他整个人像一根被掏空水分的大树干，风一吹就要倒地。他看着我，说，你不认识我了？

我看着他。

你认不出我了？认不出来了，我华子啊，华子，就是你读书会上那个小伙子，每次都是我最早去，给大家摆桌子倒茶。你到哪儿去了？还以为你病好了呢，还以为你去找人了呢？

他不停说着，又往我身后看。

我不认识他。我一点都不记得。我脑子里事情太多。它们搅在一起，像煮在火锅里的脑花。

你真不认识了？不记得了？他眼睛里只剩下眼白，他的脸扭曲得像铁丝麻花，看着我，低声说，大家都不知道？没人记得我？都忘了我？不会啊，不会的，肯定不会。我们俩一起被抓的，你请的那老师是个反动派。

他疯了。和我一样，他是个疯子。他还想着别人会记得他，真是个疯子。

我告诉你。我压低声音，他们是要害我们的，他们把一切都抹得干干净净，他们有一种药水，一喝大家啥都忘了，他们喷的空气清新剂都是遗忘剂，我前一天还在我工位上坐着上班，第二天去他们就都不认识我了。我老板对警察说，你看，这个人是在说胡话吧？我认识他不假，我女朋友做过他女朋友不假，但那都是很久以前的事了，我只是认识他。他说的全是假的。可警察就信了他的话。我老板害怕我把他公司的丑事透露出去，害怕我要自己的专利，他就害我，可我的同事们也说不认识我，肯定是喝了什么药了。

那株大植物看着我，口水一直往地上滴，嘴里喃喃地说，你忘了我？你咋能忘了我啊，你说过你出去了会找人来救我的。他扑上来，掐着我的脖子，大声叫着，你出去了你就不管我了，你有人救，我成你替罪羊了。

救你？这世道谁能救谁？你亲爹亲妈也不一定来救你。立阁爷突然一声怪笑，扬起骷髅头，往自己脖子上猛然划下，说，你看，齐刷刷地，一刀下去，身首分离，阴阳相隔。

那株大植物抬起头，突然朝大门跑过去。风把他的破衣服都吹起来，像一圈圈电线飞舞着线头，谁过去就电死谁。

拿警棍的几个年轻人要追过去。那男人扬扬手，笑着说，不用咱们抓，看我的。

他站到院子中间，"咳咳"两声，运了下气，高声喊：

三块红烧肉，谁抓住奖谁。

那群青色植物瞬间弹跳起来，哇哇叫着，冲向门口，那株大植物一下子就消失在众多植物下面了。

快跑啊。立阁爷一声大喊。

我们头也不回，风一样地跑，跑过田野，跑过森林，跑过山川大地。我们跑出了黑林子。

夏

野人参

小苍耳的刺开始硬了。扎在身上，又痒又疼。哎呀，疼啊。小苍耳又扎几下，调皮地看着我。它们以为我叫着玩呢。是真疼呢，它们就是不知道心疼我。

野人参长疯啦。

几场大雨下来，它们就疯了。那小不点儿的地锦草，不招不摇，红红粉粉的，把地铺一层。野人参不，它要美，它要人看见它美。它长啊长，从坡下长到坡上，从地头长到地尾，叶子像喝了血，每根脉线都红，红中带紫，又夹点绿，大日头照下来，红亮透明，妖精似的。青红果子一咕噜一咕噜，快把枝子压断了。啥缝儿它都要钻，构树下面的，合欢树旁边的，连野灌木旁边的一点儿空地它都抢。满满一河坡都是红，高处低处，地上空中，都是它。

我们和孝先哥哥一起到处跑。

立阁爷爷跑到坟园里面，专找那些旧的、破的、倒的墓碑，扒开覆在上面的草，又把绿腻腻的青苔一点点刮掉，一个个看。他念墓碑上的名字，念一个吓一下。

韩天望。呸,坏货一个。你看,"侍妻待子,无微不至。起早贪黑,节俭勤劳,忍辱负重,默默付出,不求索取。"嘿,说多真啊,立挺哥,你还记得韩天望吧?咱们一起上的私塾,老师同学欺负一个遍,后来做生意发点小财,在内乡县找了个小老婆,十年不回家,还"侍妻待子"呢。立挺哥你再看,这不是王贵义吗?呸。"哀哀吾父,一生劬劳。父运多舛,延宕婚姻。勤俭持家,忠厚处世。抚儿慈爱,以身作则。"还"父运多舛,延宕婚姻",呸,明明是偷盗被抓,放出来都已经三十多了。咦韩天明也在这儿,呸,忘恩负义的坏东西。

立阁爷爷啊,你的唾沫都吐光了吧?你要是挨个墓碑都吐一遍,可不得累死。

累死也得吐。人无脸,树无皮。人间不要脸,还想在阴间立牌坊。这种人,我见多了。

立阁啊,别这样,这是写给后人看的。长老爷爷说。

可有起作用?你也活了九十几年,你看那后人像是"起早贪黑,节俭勤劳"之辈?要是按你这样,几千年来人岂不是会越来越好,好成不知啥样子了?

那也不能像你那样张口闭口杀人。

我杀的都是该杀之人。

立阁爷爷像小孩子一样,专门和长老爷爷拌嘴。他开心极了,他一直攒着一股劲,想要出来,他觉得他一定能上来。在看见孝先哥哥以前,我从来没想过我也会再上来。

坟园一边是庄稼地,一边靠着河坡,靠近庄稼地的坟都有墓碑，又高又宽，坟四面还用青石板围起来。往坡边去，墓碑就越来越少了，接着就是一片片无名坟，快要连到河坡的最边上。我们几个在边上的最里边，没人看得见，正适合我们这些没人管没人问的人住。

我也一个个看。我想看看有没有韩泽远、钱花婶的名字。

妈隔一段就不见了。夜里她还过来给我盖被子，摸我头发，早晨起来她就不见了。爹也不见了。妈把给我的衣服放在床头。她把自己的蓝花棉袄改小，又加了一个长长的小袖筒，棉袄上面还放一双新棉鞋。她和爹，是不是到冬天都不会回来了？我抱着棉袄和棉鞋，去问奶奶，奶奶说你个死丫头吃完饭赶紧下地干活去。我问奶奶他们咋不带上我和哥哥，奶奶把扫帚扔过来，说都是你这个死妮子，你没看看家里都成啥了，你还要带上你们？

我看见过妈笑的样子。她坐在槐树下，低头看一本书。那书很旧很旧，边儿都卷了，妈用手蘸着唾沫，一页一页慢慢翻，嘴角慢慢露出一点点笑，又一会儿，她笑得更厉害了，她眼睛眯在一起，像是完全沉到书里面了。我害怕极了，我觉得，那会儿妈好看极了，可又离我太远。我想过去抱住她，留住她。

爹从外面回来，看见妈在看书，没作声，他回到屋里，一会儿又转出来，手里端一盆水，一扬手把水泼到妈身上，嘴里骂着，看啥破书，都响午偏了，饭也不做。他把盆子扔了，夺过妈手中的书，嚓嚓嚓几下，撕掉许多页。妈扑过去夺书，说，这是借人家的，得还啊。爹说，就是叫你还不了，看你以后还借不借,看这破书,能当饭吃?别以为你是高中生,我就怕你。妈使劲推开爹,爹一个屁股蹲坐到了地上。爹一个猛子跳起来,扑过去连扇妈几个巴掌。响极了。我在苦楝那边,听得清清楚楚。

爹用脚碾着地下的书,使劲碾,一直把它们碾到泥里面。

妈蹲在地上,捂着脸。她没有哭。

人们慢慢围过来。他们端着碗,边吃边看,边和旁边的人说话。

妈站起来,整了整衣服,头挺了起来,眼睛垂着,不看爹,也不看周围的人,往屋里走。

爹一把拉住妈,揪住她的头发,嘴里嚷着,跩啥跩啊,高中生咋了,不还是跟了我这个白苕?不还是第一次见面就和我睡觉?

人们哄哄笑起来,爹揪着妈的头发,拖着妈在院子里转圈儿,笑得比谁都响。

妈的脸倒吊着,眼睛快被扯到头发里面了。她像个破布娃娃,身子晃荡着,她的腰露出来了,肚子露出来了。她的肚子往外鼓着,像个盆子扣在上面。妈的手在空中乱舞着,她想护住自己的肚子,可她根本够不着。

爹突然慌了。他把妈轻轻放下来,把她衣服往下拉好,半抱着妈进到屋子。他做这些时背对着人群。可我听见有人"啊"了一声。

立阁爷爷一天要回几次梁庄。村西转完转村东,连个垃圾堆、空房子、臭厕所都不放过。

一个老头瘫坐在村头的大槐树根下。树根须子叽叽喳喳，扎进他屁股里，又使劲往他脚上腿里钻。他都快长成树啦。

孝先哥哥说，从我记事起他就坐在这儿，不生，也不死，小时候上学，一走到这儿，大家瞌睡就醒了，一个个飞快跑。

孝先哥哥跑到老头跟前，大声喊，培明老爷，立阁爷叫我问你好。

老头一听到"立阁"二字，浑身发抖，筛糠样，骨头咔咔响。

老培明，我可看见你了。你举着板凳，朝我头上砸。我醒过来时你正拿水泼我。我就问你，我老婆和我老娘是谁弄死的？你打我打怹狠，我不信你啥也没干。

老头嘴巴大张着，只能呼气，不能吸气。

我家待你家不薄，我待你也不薄啊。当年你妈生你，不是我主张把她送县城教会医院，哪还有你？我回来，你鞍前马后，叔长叔短，运动一来，你就翻脸了。你得着啥好了？你婶子你二奶奶可得罪你了？她们犯了啥罪，活不见人，死不见尸？你那个兄弟培亮呢？他按住我头，你拿板凳砸，配合真好。你快说，你们把我娘我老婆弄哪儿去了？

那老头眼睛往外眦，眼珠子都快要鼓出来，努着劲说，都……都是培亮干的。

啥，培亮干的？他干啥了？

不是，是德义，不是，是杠子啊。他们一群人围上去。我被挤出来了。

围住谁？在哪儿？立阁爷爷拿骷髅顶着老头的头。他声音嗡嗡响，震得空气里的小蜉蝣四处乱窜。

那老头挣扎着站起来，想逃跑，刚一迈步，就摔到地上了。那些小枝桠把他腿给绑住了，他跑不了。

房子多起来了，东一片西一堆，有的是两层小楼，红砖白墙，有的还是土坯泥墙，房子都快卧到了地上。中间是个水泥广场，水泥糊得严严实实。一群人聚在水泥广场中间，打牌的，观战的，聊天的，小孩子在水泥地上爬来晃去，抠地上的水泥块儿吃。

我们还没有走到人们跟前，他们就起身跑了，像看见鬼似的，躲到大槐树后面，大声喊着，孝先你狗日娃儿，是你不是？

不是我还能是你？孝先哥哥又捂着嘴吃吃笑起来。

他们从树后出来，慢慢围过来，使劲捏着孝先哥哥的脸，拉扯他的胳膊，又踢他的腿。

我说你这几天跑哪儿了？你爹说坟园坟塌了，你被埋进去了。我们去挖了两天，坟里啥也没有。

我掉到阴间了，我带立阁爷、立挺爷，还有灵子回来了。

这娃子说的啥胡话啊，是不是埋地下时间长了，神经病更严重了？

孝先哥哥不理他们，带着我们继续往前走。

村子像被个大大的壳给罩住了，又闷又热。人们藏在里面，一动不动。不管槐树、灌木、藤条在门口结网搭架，也不管路被野草、蒺藜霸占着，人们看我们，像看见鬼。

孝先哥哥走到一家门口。他说这就是建业家，建业前几年在新疆出车祸死了，建业的老爷瘫在床上好多年却不死，说是个坏透气的老头。夏天他被抱到老槐树下乘凉，人们走过去还朝他身上吐唾沫，说他好糟蹋姑娘。

一个黑脸男人来应门。孝先哥哥说，建业叫我捎信来了，他让你给他送点钱，他要在那边盖房子娶老婆，他还说，别管我老爷了，这边人们都说他坏得很。

黑脸男人打开门。院子里到处都是粪，鸡粪、鸭粪、狗屎、人屎，粪里堆着花生、西瓜，衣服、鞋、被子扔得满地都是。院子左角臭气熏天。一个老头坐在地上，头快栽到地上。

立阁爷爷蹲下去，盯着那人问，韩培望，你还记不记得我？我，韩立阁，还记得不？当年你还随我去过云南，你说你要做大生意，结果你欠人家一屁股债跑了。那天我看见你了，你站在我左边，手里拿一个老粗的大棍子，你以为我看不见你。我看见你了。你隔着人缝朝我身上使劲戳。

那老头一动不动。孝先哥哥拿一根树枝戳他。老头动了几动，还是抬不起头。

立阁爷爷把那老头的头托起来，蛆虫哗啦啦从他身上往下掉，浑身臭得要死，把我身上的小黄花都熏晕了。

我问你，当年我娘和我老婆是咋死的？

那老头眼睛睁开个小缝，看一眼立阁爷爷，又闭上眼，死闭着。他脱开立阁爷爷的手，缩回身子，蛇一样，嗖嗖嗖爬到院子另一角落。头朝着墙，一动不动。

黑脸男人把我们赶出院子。孝先哥哥高声喊，记得给你儿子烧钱啊，他想盖房子娶媳妇。

一个男人飞一样跑过来，跑到孝先哥哥面前，眼睛睁得很大，怕得要死的样子。

他伸手去摸孝先哥哥的脸，孝先儿啊，是你吗？你上哪儿了？

孝先哥哥头别了过去，躲开他爹的手，说，爹，这是立阁爷，这是韩长老，你肯定记得吧？这是灵子。这是我爹韩忠义。

韩忠义浑身抖得厉害，说，孝先啊，韩长老去天家都二十几年了。

他们和我一起回来了。

孝先啊，别说胡话了，这几天你到底上哪儿了？我到处找你找不到，你是不是晕到哪儿了？饿迷糊了病犯了？

哪几天？我就在地下待了一会儿，就和立阁爷他们一起上来了。

你说的啥胡话，你都失踪四天了，我把坟园翻了遍，我差点都报警了。

爹，你别管我上哪儿了，你看，我立阁爷、长老爷和我一起回来了，立阁爷说他是我杠子老爷砍死的，到底是不是？

韩忠义盯着孝先哥哥，用手在孝先哥哥眼前来回晃。

孝先啊，你今天还没吃药吧？该吃药了。韩忠义从口袋里掏出一个塑料袋，蹲在地上，扒拉着里面的小瓶子，说，你看，这药我还没扔，我就想着你肯定还会回来。

韩忠义，你也想害我？你是我爹你还想害我？

孝先哥哥一脚飞过去，把塑料袋踢开，里面的瓶瓶罐罐哗啦啦滚了很远。韩忠义缩着身体，胳膊护着头。孝先哥哥的脚在那头上悬了几秒钟，收了回来。

我不想在村子里转了。都是伤心事。问谁，谁也不记得我灵子，也不记得我爹韩泽远我妈钱花婶，就像我们一家从没存在过。人们都咋了？

我想到河边看看。我看了它几十年，我想到它旁边，站到水里，让水围着我，让小鱼儿咬我的脚。

空气一点点重起来了，水汽上来了，连带着草青气、花香气，一起吸到嘴里。啊快到河边了。小茅草、大芭茅的白穗子都迸出来了，一排排一行行，卫兵似的，守着大河。

哗哗哗，一浪一浪，一拍接一拍，这声音太熟了啊。从河坡上听，这声音有点哑，有点伤心，它走的时间太长了，一路上碰过多少蜉蝣、灰粒、日头光，到我耳朵里，就有些碎了。站在河边，那声音就不一样了。多清亮多新鲜啊，新鲜得就像蚂蚁草刚露出的那点绿，让人忍不住想笑。水快乐得要不得，它朝我扑过来。呀，快到我脚边了。我想找那些光溜溜的小彩石，我要在我住的地方堆个彩虹门，最气派、最坚固、最漂亮的彩虹门，让看见的人永远记住，让那些路过的人不想走，不想回家，让他们回家后还想这个地方，会再回来看我。

立阁爷爷一会儿跪下，眯着眼测距离，一会儿又站起来，踮着脚朝远处望，嘴里狮子长狮子短地不停嘟囔着，愁得不行的样子。

他在愁啥？多美啊。

大月亮高高悬在河上，又圆又白。嫦娥穿着白裙子，飞飞停停，衣带飘啊飘，扫到哪儿，哪儿就格外亮。吴刚一边砍树，一边撩起飘过去的衣带偷偷闻。河里也有一个大月亮，这个月亮里的嫦娥不飞，就躺在水面上，变着花样摆姿势。水大了。河坡湿了。花啊草啊就越发长得快了。它们夜里最香。白天它们忙着喝水长个子，夜里就静下来，香气就出来了。星星草、红花草、夏枯草、野芹、野葱、茵陈、地锦草，一星星一点点，六瓣五瓣三瓣一瓣，粉红、淡白、艳红、浅黄、橘红、明绿，立阁爷教我认的颜色一个个都出来了，香气带着颜色，上上下下，大大小小，把空气缝儿都腻满了。我最喜欢这些小草的香，淡得闻不出来，不争不抢。咱们都一样，没人理没人爱，可是咱们还是香，对吧？我让野芹去挠立阁爷爷的头，让它浓香刺鼻的香气在他头里面来回窜，我想让立阁爷爷打个喷嚏，扭头看我一眼，可立阁爷爷一动不动，一脸生气的样子，眼睛直直盯着河对岸。我顺着他眼睛看，看见大月亮，看见河水哗哗往前流，看见对面一层层深绿的树影子，好看极了。我不明白，立阁爷爷看见这些，咋能不高兴呢？

我喜欢听孝先哥哥读书，他声音和长老爷爷的不一样。长老爷爷的声音太模糊，谁也听不清，孝先哥哥的声音转着圈儿绕着弯儿，像嘴里含口水，温吞吞的，好听极了。都是些很奇怪的话，很简单，很好听，可也有点害怕。听那样的话，就好像人被绑进去一个地方，那个地方很美，很好，可人被封进去，再也出不来了。

起初,神创造天地。地是空虚混沌,渊面黑暗;神的灵运行在水面上。神说:要有光,就有了光。

这不就是盘古开天辟地吗?立阁爷爷在一旁嘟嘟囔囔说,天地混沌如鸡子,盘古生其中。万八千岁,天地开辟,阳清为天,阴浊为地。从小都背,谁不会啊?

神称光为昼,称暗为夜。有晚上,有早晨,这是头一日。神说,诸水之间要有空气,将水分为上下。神就造出空气,将空气以下的水、空气以上的水分开了。事就这样成了。神称空气为天。有晚上,有早晨,是第二日。

立阁爷爷跟人赌气似的,也高声背诵起来,盘古在其中,一日九变,神于天,圣于地。天日高一丈,地日厚一丈,盘古日长一丈,如此万八千岁。天数极高,地数极深,盘古极长。后乃有三皇。数起于一,立于三,成于五,盛于七,处于九,故天去地九万里。你看,这盘古开天辟地,和你那个上帝不是一样吗?

那可不一样得很。立挺爷爷慢悠悠地说,是神创造了天地,神先于天地,不是天地混沌。神是我们的造物主,他创造一切。

孝先哥哥问道,长老爷,我就有一事不明白:神为啥一定分善恶?从小我爹让我读《圣经》,我就想不通。既然神按照自己的形象造人,为啥爱这个,不爱那个?为啥喜欢亚伯的献祭,而不喜欢该隐的?神偏爱亚伯,亚伯成为好人,神厌弃该隐,该隐成为恶人。那要是反过来呢?

孝先哥哥靠在羊身上,仰着头,盯着天上的大月亮,他的左脸被照得银光闪闪，右脸却是黑的。他像是在自言自语，又像是在问长老爷，神一边说，打左脸，把右脸也给过去，可他自己，谁不听他了他就报复，比谁都狠。

立阁爷爷在一旁得意地笑，说，是啊，神为啥偏心？立挺哥你说说，不是你们上帝最慈爱吗？孝先，你说对了。神爱复仇，人也得复仇。奖惩得当，社会才能往前走，恩怨分明，以牙还牙，以德还恩，你才有机会站在人面前，你才能做大事。不然，你就只能坐在这河坡上，风餐露宿，孤独被弃。

立阁啊，人得有慈悲心。

是得慈悲。我散尽家财，在丽县搞县政自治，几乎是路不拾遗、夜不闭户，可最后，还不是落得个身首分离，家破人亡？你说的那啥仁爱啊、忍耐啊、慈悲啊有啥作用？

你那都是吓人吓出来的。长老爷爷声音很轻，好像怕立阁爷爷生气，但又很想说出来。

果然，立阁爷爷一下子回过身来，看着长老爷爷，说，我那是吓？那叫制度，你不懂这个，民间都有一句话，没规矩不成方圆，既是规矩，人人都得遵守，大人小孩，王子庶民，不然，恶就会泛滥。

按你那制度，哪个人不是犯人？

我喜欢听他们吵架。真奇怪啊，我听立阁爷说话，觉得他有道理，可一听长老爷爷说，又觉得长老爷爷也对。立阁爷爷的声音隆隆响，震得我心都要蹦出来，他的话让人浑身发抖，想要蹦起来，跳起来，去做点啥。长老爷爷的声音又暖又湿，像要把人抱住，让你静，静下来。听，春天来了，水声来了，到处都是花香。孝先哥哥呢，他眉头紧皱，浑身发抖，像在想他们的话，又像在想自己的事情，他跑到很远的地方去了，谁也跟不上。大月亮照在他们脸上，他们脸都在发光，都在发亮。

嗨，孝先哥哥，你知道地上开小花的草有几种啊？

孝先哥哥看着大月亮，他不说话。他被塞满了。

这是星星草，它的花粉红带白，这是地锦，它的花是白里透红，螺青山绾青螺髻，地锦花铺锦地衣。

你懂得诗？

我会背好多诗呢。立阁爷爷天天教我，背不过来还骂我呢。东风香吐合欢花落日乌啼相思树，不见合欢花空倚相思树，滚滚长江东逝水浪花淘尽英雄，无边落木萧萧下不尽长江滚滚来，星垂平野阔月涌大江流，江畔何人初见月，江月何年初照人……

孝先哥哥右脸转过来，月亮照住他全脸了。

我拉着孝先哥哥，我给他一个个看我的草，我的花。月亮清白光，小草发蓝光，那些叶儿花儿张着毛孔，等着露水下来。

你看，你屁股下坐的是狗牙根，软蓬蓬的，它们喜欢你，吭吭唧唧，舒服得很。你手里捻的，嘴里叼的，是狗尾草，都是狗，可不一样，一低一高，一软一硬，狗牙根连秆子都是软的，穗子的紫须淡得很，生怕人看出颜色来，狗尾草的叶子有点刺人，可是它的穗子有点太招摇了，毛茸茸，大日头照过来，每根穗子都是一团光。那些太好看的肯定有毒。你看，这是野人参，果子红通通圆溜溜，艳得很，可你不能碰，它浑身上下都是毒，那拉拉秧，小紫花满处开，可你别摸它，它身上都是倒钩刺。那满坡长的是构树，老构树往上长，腾出一点小空，小构树就占住了，再不然就是大蒺藜，你要是看到构树，就一定能看到蒺藜，它俩是好兄弟。

孝先哥哥，你再看，人们都说合欢花是粉红色，不是，是粉紫色，它落的时候是一蓬一蓬，像个小雨伞，飘啊飘，大日头一出来，它就"嘭"一下，炸开了。我不想看它爆炸，我想让它在天上飞，飞啊，飞到可远可远的地方，说不定能飞到我爹妈身边上呢。

孝先哥哥看看我，又看看月亮，他的眼睛也和月亮一样，亮得发光。

我想跑，拉着孝先哥哥，一起跑，跳到河那边，穿过树林子，到月亮上。

我想看更多花，更远的河，我还想找我家。我记得清清楚楚，我家就在那棵老槐树下，其中一根树枝都顶住山墙了，我听见爹和妈商量，说哪一天要把它锯掉，不然它会把山墙顶歪。我记得我家房子前面是一条公路，也就那一条公路，公路比我家院子高。我就仰着头，坐在家门前的土坑里，等爹妈和哥走过来，等有人朝我看一眼，抱我一下，和我说句话。可我等到天黑，都没人理。天黑了，爹和妈也没想起来叫我。我就在那土坑里睡着了。可现在，村子前面有四条公路，新的、宽的、直的，我找不到那个大拐弯，找不到那棵歪脖大槐树。村子失忆了，人们失忆了，所有过去的都找不到了。是不是爹妈也失忆了，不知道我在哪儿了？

我想找到爹和妈，找到哥，我想问问他们为啥不来看我？是谁把我推倒？他们是不是早就不想要我了？我想有人抱抱我，就像小甲虫抱我那样，钻到心里钻到骨头里，哪怕钻得我心直疼。我想知道有人抱是啥滋味。

孝先哥哥看着我，他一句话也不说。他要把我看哭了。

蚂蚁草开始喝露水了，咕咚咕咚，声音小得不得了，却很脆，脆生生，甜滋滋。野藤芽"噌噌噌"往上蹿，它谁也不靠，谁也不爬，细枝子凭空往上长，风吹不倒，雨打不歪。水从远处冲过来，裹着山上下来的石子啊、烂木头啊、死人啊、妖魔鬼怪啊，轰隆隆，轰隆隆，水越来越高，越旋越快，把水里的月亮给旋进去了。嫦娥、吴刚碎成一片片，在水面上奔来逃去，站都站不住。

天上的月亮一动不动。

圆

是狮子。确定无疑。一到河边，我就看清了它。

狮子浑身绿得发黑，构树刺玫野藤灌木密密匝匝填塞着空间，每一个枝杈、每一片叶子都张牙舞爪想占据更大的空间，想往上攀爬，偶尔有妖艳大花从绿色中露出一点点，阳光一照，如狐仙出没。热旋流起伏不定，狮子身上的颜色也流转变幻，躯体发出沉重的呼吸。我在河坡上测量的距离并不十分准确，它其实马上就要到河岸边了。摆渡人的破烂棚屋已经在狮子的大嘴下面,就要给吞掉了。要不是河道里满是石头,河水不断冲刷,草籽找不到扎根的地方,狮子早就把河给吞了。

狮子在等待机会,它不会留情。我得赶紧行动。我得抓住孝先。

那个人在孝先的窝棚里,已经坐一天了。一个体面的中年人。绸衫西裤大手表,保养得很好。可他愁眉不展,似有难事。

他和孝先并排坐着,看远处的河。

我见过你。你叫啥名?

韩孝先。

你爹呢?

韩忠义。

啊是忠义哥的孩子啊。我是韩忠信。你应该问我叫叔。

孝先啊,你问下他爷叫啥名字?

你爷叫啥名字?

我爷叫韩培明。

他奶奶叫啥名字?

你奶奶叫啥名字?

那我还真不知道。韩忠信看着孝先,摇着头,叹口气,说,孝先,我是你叔,我说句话你别不爱听,你得去看病。我早听别人说了,一直没见着你。你是咱村这些年唯一考上重点大学进省城的大学生,你学的又是IT,新兴行业,前途无量啊。你这病好治,只要坚持吃药就行。

韩培明是他爷,那他就是我仇人的后代了。他奶奶叫王香草,和我老婆是表姊妹。他韩培明得我多少好处,审判我时他站在最前面,跳得最高,打我打得最狠。他老婆跑到台上,哭着骂我霸占她表姐。有好几次都哭昏过去,被水泼醒后还能继续骂。台上骂着哭着,台下也哭声震天。审判员最后只好在喇叭里高声喊,不杀不足以平民愤。

你问他遇见啥难事了?

你遇见啥难事了?

唉,你小,说了你也不懂。

你问他是不是一个月前遇到大灾,现正面临离婚,仕途不顺?

你一个月前遇到大灾,现正面临离婚,仕途不顺,是不是?

韩忠信吃惊地看着孝先,问道,孝先,你咋知道?你会算命?

孝先坐得笔直,双腿盘在一起,呈莲花坐形状,他时而看远处的河,宁静淡然,入定一般,时而看韩忠信,嘴角微微笑着,像在看一只迷途之羔羊。

韩忠信突然抽泣起来。

我是遇到大灾了,一个月前,我闺女好好的,突然得急病死了,我就一个闺女,她是我心尖儿宝贝啊。还没醒过劲儿来,老婆说啥也要和我离婚。凭啥?我大小也是个干部,有头有脸,我哪点配不上她了?人倒霉了,喝口凉水也塞牙,这还没完,单位考核提拔,我又莫名其妙被刷掉了,这可是我最后一次机会啊。你说,我是不是倒血霉了?

孝先,你问他生辰八字,让他明天再过来。

你生辰八字是啥?你明天再来。

韩忠信疑惑地盯着孝先,又往他身后张望,问,孝先,你在和谁说话?

你说你啥都能看见,啥都知道。

我啥都能看见,啥都知道。我能看见立阁爷,我能听见哑巴说话,聋子听歌,能看到白马上天,狐仙变人,孔夫子驱车到各国,陶渊明悠然见南山,霍金大骂爱因斯坦,尼采爱上瓦格纳,我能看见你爹在坟里骂你虐待他,看见你闺女哭着说浑身疼。我看见你的命了。你明天来吧,我重新给你一个命。

孝先沉浸到自己的世界里了。他脑子乱了,塞太多东西了。

韩忠信被震住了,一字一字地说,自然灾害第一年,九月初七晨七时。

立挺哥,那是哪一年?

我不清楚那韩忠信说的是哪一年。他说得如此自然,好像谁都应该知道似的。

庚子年。立挺哥在旁边说。

太岁庚子年,人民多暴卒。春夏水淹流,秋冬频饥渴。高田犹及半,晚稻无可割。庚子年历来都是个坎儿,要有大事发生,所谓周期律。立挺哥,那年可是发生过大事?

大事?天大的事。连年大旱。人都饿得不行了。方圆几十里,那年只有一个孩子出生,就是这个韩忠信。

呸，饿死活该。就该都饿死。鼠耗出头年，高低多偏颇。更看三冬里，山头起墓田。

具体时辰你可记得准？我问那韩忠信。

准。我妈说，我生下来时，上工钟刚好响。七点上工。

好。你明天再过来。

孝先，你看，人有命相。先观面相，那个韩忠信，印堂发黑，说明有晦事，肯定是亲人出了大事，他双眼血丝充盈，阳气过足，说明夫妻生活没得到满足，他和他老婆之间有问题。你再看他，衣着干净，颇有点派头，说话还打着个小官腔，说明是个单位领导，又不是大领导。面相看准，三言两语，镇住人，他就信你了。信你，你就可以给他算命。你看，庚子年，五行属土，厚德之土，能克众水，不忌他木。得重土相资水木不刚，即享福寿。他从土中来，还要再回到土中去，根才能稳固。不是落叶归根，是固本归源。正所谓，一甲子，周而复始，循环往复，一切都回到原初。孝先，你要学会这些。你学会这些，人们就信你，你就掌握了主动权，安排他们的生活、命运，你就可以按照你想要的给他们。

孝先眼睛闪亮。不是疯子灼人的亮，是那个聪明的年轻人又回来了。他拿起树枝，在地上画一个大圆，在上下左右写"南北东西"，在内圈五面写上"金木水火土"，他折几根狗尾草，一节一节放在地上，嘴里念叨着，乾坤，阴阳，上下左右，春夏秋冬，青龙白虎朱雀玄武，两仪生四象，四象生八卦，乾三连，坤六断，震仰盂，艮覆碗，离中虚，坎中满，兑上缺，巽下断，天地雷风水山火泽。

啊呀孝先，你懂这些？

懂一点点，我大学有同学迷这个，后来入寺当和尚了。他天天看，我就跟着记一点。

大学生信这个？

很多，还都是高材生，男的女的都有。

孝先，正所谓，环环相扣，生生不息，一点皆应，四通八达。人皆草木，融形于山川，显性于相貌，也应一句俗语，吃啥饭拉啥屎。除天命之外，人命自塑。

立阁啊，你不要这样，你这一套套，无非因果报应，谋权为己。你看孝先，他已经被逐于旷野之中了。

我的老立挺哥，先知不都在旷野里吗？哪个先知不接受考验，风吹日晒，忍饥挨饿，你敢言孝先不是？更况乎，《易经》乃中国最古老之哲学，风雷山河，春夏秋冬，它依据宇宙规则解释生命，它也是创世纪。为啥信你的可以，别的就不可以？

上帝考验人，是让人向善，让人爱人。

一阴一阳谓之道。天地之间，阴阳交汇，四季依序而来，也是在遵守上帝所说的秩序。给人们指点迷津，让他们按照天地之规律来生活，这不是让他们更好吗？孝先，中国的五行八卦非常复杂、神秘，包含无限空间。我给你举个例子，譬如巽，《易经》里说，为风，为谦，为卑，为空，为虚，隐无形，为阴卦。柔而又柔，前风往而后风复兴，相随不息，柔和如春风，随风而顺。你看，为空为虚，多好的解释，宇宙之空，风既为无形，又显示宇宙之形。你再看，震卦，为雷，为电。阳春三月，万物萌动，草木生长，人也精神旺盛。巽上震下,风雷激荡。人要见善则从之,有过则改之。

孝先认真听着,一边研究那个圆。

地上的那个圆慢慢立了起来,每个字都带着火焰,孝先就站在火焰正中央。有我在,有立挺哥在,孝先就是先知,就能知天文地理,晓过去现在,通古今未来,我要和风雷搏一搏了,我要让狮子过来,让日头烧灼一切,让暴雨冲走一切。灵子,灵子啊,到那时,你就可以安息了,你就可以不再假装快乐,你就可以永永远远安睡了。遗弃你的父母,那个推你的人,会永远坠入地狱里,火烧水淹,剥皮敲骨,永不止息。

野地像几千年没人到过。牛筋草、狗尾巴草、茅草缠在一起往上长,蒲公英、野菊花比玉米秆还高还粗,花盘比向日葵还要大,杂树、灌木遮天蔽日,横着竖着,把空中地下的缝隙全霸占住。

在野地尽头,长着两棵巨人般的圆形大树。我活着的时候,从来没见过。这树很怪异,树干直插云霄,中间没有任何枝杈,到最顶端,突然蓬出一个浓密深绿的大树冠。走到近处,才发现,树干是一个巨大的圆形砖墙,无数植物枝条和根须附着在上面,密密麻麻。我阵阵眩晕,觉得那根根绕绕都缠到心里去了。

这是烟囱吗?谁家要这么高的烟囱?难道,这俩烟囱是狮子的哨岗,顶上的树冠就是信号塔?它随时给对岸的狮子发信号,以发起总攻?还是,它是村子的哨塔,观察那狮子的形状和走势?

寨墙就在两个烟囱的后面。如果不是那绵延的形状，不是那上面还有哨洞、炮眼，我不相信眼前这残垣断壁就是寨墙。我记忆中的寨墙高大雄伟，是方圆几十里最结实最豪华的建筑。

立挺哥，你快看，那是老寨墙啊。

我记得那年土匪来时，爷、伯、爹站在寨墙上察看地形的场景。

那年我十五岁，家里刚给我定了亲，我看中十里八乡最漂亮的姑娘李梅花，爹就去替我求了。日本弄不平等条约了，省城游行示威了，搞暗杀的王亚樵被暗杀了，欧洲也打仗了，县城学堂里的老师每天上课前先给我们讲各种大事。我热血沸腾，我要去上街喊口号，我要让民众觉醒，我要干革命。

那年我哪儿都没去，我娶了亲。

爷说，上哪儿都可以，先娶亲，先让我抱上曾孙子。我说爷爷你思想陈腐，赶紧遣散你的几个小老婆，把地分了，不然我就要和家庭决裂。爷说你看方圆上百里，谁像我这样对佃户好，谁像我这样又是捐钱修路又是出资盖教堂？谁家没粮食了我没给？人们为啥叫我"韩善人"？我说，你就是个真善人，那也是旧思想。

的确，方圆几十里地没人比我爷进教堂更勤，可也没人比他的姨太太更多。我曾爷爷发家时，吴镇是一个大码头，我家二十条大船，百十条小船，最远下过南洋，也垄断了近处各地的货物运送，据说我家的银元宝堆满几间房子。到我爷爷时，大河远了，水浅了，码头慢慢废掉了，钱就挣得少了。我爷爷没能让老韩家的财富增加,但他的成就在于让韩家以另一种方式继续闪光。他是他那时代吴镇唯一喝过洋墨水的人。他亲手盖起来的小教堂,成为吴镇最鲜明的标志。路过吴镇的人,来吴镇赶集、办事的人,还没进到镇上,就先看见那闪光的十字架。

那时候,信基督、养牧师是风潮,最有钱的或有钱有权的人家会盖教堂以彰显自己的地位。

爷穿一件裘皮大褂,银狐毛领外翻,脚踏靛蓝色千层底棉鞋,和怀履士传教士在村庄里边走边聊,叽里咕噜说着外国话,后面跟着的人们像看天神一样,看着他。他们不崇拜"驴屎"传教士,他们崇拜和他们长着一样的脸,却能说那种话的爷爷。每到礼拜天早上,爷就站在教堂门口,数着人头,发现他的哪个佃户没来,就叫人去催,如果催也没来,他就亲自过去。他说,上帝安排今天休息,咱们就必须休息,不能干活。那佃户说,东家,俺今儿的粮食还没着落。爷说,那就更得向上帝祷告,让他顾念咱们。佃户说,顾念是顾念,可粮食还是不来啊。爷跺着脚说,你咋恁目光短浅,活该你一辈子受穷。他使劲顿顿他的大龙头拐杖,说,你要是还不去,明年我就把地收了。那佃户就乖乖去了。

梁庄大部分人家都是我家佃户,所以,我爷的教堂参加礼拜的人最多。他在方圆几十里享有最大面子。

爷一直活到立挺哥成为牧师。他叫来我和立挺哥,说,我过身后,教堂给立挺,老院子给你,立挺你守住教堂,守住天,立阁你守住咱们大院,就是守住地,天和地都守住了,咱家就既保现世平安，又保来世通达。

他老人家想不到的是，他的天和地都没守住。

寨墙还在，那条通往家的路就应该也还在啊。

我浑身发抖。我打马狂奔，在树下苦等，就是想回到这里，想看看老娘和梅花，可没想到，我永远回不了家，永远也见不到我娘和梅花了。

房子睁着黑洞洞的眼睛。野树把地铺满，又在房子里长。它们按照房子的样子长，直到房子消失。孝先奋力走在前面，蒺藜挂在他脸上身上腿上，构树果子溅得他满身血红，他眼都不眨。槐树，带着榆树、柳树、楝树拉帮结派，牢牢盘踞在荒地上。黑白红绿的垃圾在日头强光下闪闪发亮，煞是鲜艳。那些白顶红砖的楼房在热旋流中飘浮不定，楼房前面是水泥院子、水泥通道，院墙也用水泥涂抹，阻挡着外面气势汹汹的绿色。植物要把房子给吞了。

立挺哥，你看啊，你们《圣经》上说的末日要来了。黑鸟要来，毒蛇要来，豺狼要来，狮子要来，那些已经消失了的庞然大物都会再来，它们会占领一切，销毁人一切生活的痕迹。

但那日子、那时辰，没人知道。

大风吹过立挺的白色长袍，把他的胡须吹得四面扬起，鼻子眼睛都遮住了。我看不见他说话的表情，感觉他只是在背诵经文。

当日三才始判，两仪初分；乾坤：清者为乾，浊者为坤，人在中间相混。你看看现在，哪有两仪，哪有乾坤？人心散了，乱了，啥都看不见。天、地、人，又混沌一片了。

村里人和我们对峙着。他们啥也不说,瞪着无辜又阴险的眼睛看着我们。那水泥和植物也对峙着,相互较着劲,水泥有多坚硬厚实,那绿色就有多嚣张。可我瞧见,那扫帚苗、节节草、刺刺秧潜地爬行,伺机而动,从水泥中间挤出来,露出一丝丝绿来。

寨墙只是废墟的一部分,是遗忘的外壳。整个村子,就在这遗忘里面苟延残喘。没有一座熟悉的房子。土地庙,祠堂,我家光绪年间盖的飞兽挑脊红砖房子,立挺哥家的青砖三层大屋,都没了。

我往村西头河坡方向奔过去。我要找那几排洋槐松柏,找到它们,我就可以定位出我家的房子,就可以定位出整个村子的大致样子,我就可以复原过去了。没有高高的河坡,没有松柏,没有红砖房子,只有一大片一大片凹地,凹地里的树笔直粗壮,横冲直撞往上蹿,树干上披挂着各种藤蔓。

我又往东跑,跑着跑着,一条大马路挡在我们面前。它又高又直,又宽又光,从路上往下看,整个村庄像陷下去了一样。大卡车一辆接一辆,在坑坑洼洼的路面上左右摇晃。

我又往村子南边跑。

我听见前面有人在低声叹气,还有人喊我的名字。

立阁,立阁。

是娘吗?对,对啊,就是我娘的声音,我娘在叫我。

娘,娘,娘啊。我追着那声音走。

面前是一片洼地。蒿草、野菊格外茂盛,小黄花东一簇西一片,妖艳刺目,阴气外溢。洼地的正中央,是一座勉强能看得出样子的房屋。蹇卦。门前有陷之象。凶宅。我扒开被野草盖住的墙,看里面的砖,土坯和木头,那些砖被泥糊着,被草根盘着,根本看不清样子。那声音更近了,钻到我马褂里面,使劲往我心脏里戳,又跳进我的头,从后脑勺滑出来,如蛇穿行地面,似有若无,又连续不断。

立挺哥,这是啥地方?我咋听到我娘叫我的声音?

立挺哥不答我。

这是不是咱家祠堂啊?我娘有冤,阎王爷不收她,她被困到这里了啊。

立挺哥还是不说话。你撬不开他的嘴,你永远听不到他真实的想法。他温和的样子其实就是啥也不打算做的样子。

我看着更低处的河坡,那里,再往前是一片大树林子,漫天蔽地。它们从村子里面一路蔓过去,越来越密,越来越茂盛,浩浩荡荡,像要去迎接河对岸的大狮子,它们要会合,要吞并这天地。

那是啥地方?

黑林子啊。那地方可吓人,没那个胆不敢轻易去。孝先说。

黑林子?以前咋没有?

我不记得有这黑乎乎的大林子。那时候,村子是亮的,路是土黄色的,树是绿的,亮堂堂的绿,没这阴森可怕的树林子。

雨下起来了。

土的湿度正好，不软不硬，一手抓过去，抖几下，那些草根、虫壳、碎石子就都抖掉了，再轻轻筛洗，细土就一点点出来了。黏度也刚刚好，不酥不黏，轻轻揉搓，一个干干净净的大泥丸就成了。搓好，晒干，再搓，我得有耐心，要圆、要大、要光，我受不了那些草草根根从泥丸里扎出来。冬天冷风一路刮过来，像北海道的大风暴雪，刀剐斧砍。我要多揉几个泥丸，把头颅塞满，把身体的洞堵住。不然，整个冬天，都得听那呼啸声从我身子里面穿过。

孝先你听我说。不要相信任何人。任何人。任何人都可以成为你的敌人。上帝也是你的敌人。你看你长老爷，老成这样了，一辈子虔诚无比，到现在上帝还没来接他。你看我们家对韩培明、韩培亮还不算好？我爹我妈吃的都没有他们吃得好。可又咋样？"咔嚓"一下，人头落地。

你杠子老爷砍我那下可真疼啊。他举起刀，我想着他会软一下，可"嚓"一下，就砍断我脖子上那根筋了。人们都静下来，连灰尘落到地面的声音都能听到。这里面哪个人没收过我的礼，没受过我的揖？哪个人我没和他们聊过天，没给他们分过粮食？立挺哥你说，哪一年麦收我没回家？公务再忙，我都要回来。我离家十里地，就下马摘帽，碰到庄里人，都点头微笑，回到庄里，我来不及给我爹妈请安，就到村里土地庙上香，到各家看望，我回来时带两马车礼物，走时全空的。我堂堂一个师长，一县之长，我怕啥，我怕谁？

我还刚进到镇子牌坊那儿，他们就抓住我了。他们在那儿等着我，他们等着我上钩。孝先，你那杠子老爷拿着大砍刀，站在我身后。绳子从我脖子那个地方勒下去，绕到后面再往前面勒，我的头被拽起来，和下面的人眼睛对眼睛，我再往上抬，就和你杠子老爷的眼睛对上了。我一看他，他就朝我吐唾沫，我不是想看他，实在是头被勒得太疼，我想往上再仰一下，轻松一些。人真多啊。他们瞪着我，眼睛里全是仇恨，嘴巴往外喷着唾沫，"杀、杀、杀"，"砍死他、砍死他"，他们喊着口号，挥舞着胳膊。韩培望提着棍子，往台上爬。有人哭得鼻涕乱流，说我抢他家的地、逼他娘卖身，也有人说我年三十到他家要债逼死他全家。都他妈的胡说。

那韩培明带着大家喊口号：这个大坏蛋该不该死？该！该不该砍头？该！韩立仁、韩立德站在台子前面的角落处。他们兄弟俩怯懦胆小，不敢出头，可坏事也没少做。

梁庄的人都来了。坐着的站着的，有些人拼命往前挤，有些人往后面躲，又偷偷伸出头看。我都认识。只要你是跪着的人，没人关心你是谁。他们只有一个心思，就是看血溅五丈，人头落地，他们害怕又狂喜。人是嗜血的，孝先，只要给他机会，都有可能去害别人。我想了几十年才明白这一点，从我进镇子，被五花大绑，到大刑伺候，我就在想。孝先，你要复仇。你必须复仇。勾践卧薪尝胆，韩信受胯下之辱，杜伯化作鬼魂刺杀宣王，不只是快意恩仇，而是胸有大义。

立阁啊，不要和孩子说这些。都一甲子了。

不够！一点儿不够！立挺哥，你也到村里了，你看见他们脸上的表情了，他们可曾忏悔？他爷爷背叛了你，他儿子也会背叛你，他们出去挣钱不管自己父母、不管自己孩子，也是背叛。你看灵子，她多想她爹妈来看她一眼，他们来了没有？你看孝先，他爹可是信主的，跟你一辈子，你看他给孝先说话的样子，你也看见了，他不心疼儿子，反而怪儿子丢人，他是还想逼着他回去上班挣钱啊。

立阁啊，你就少了点儿慈悲心。

他们就慈悲？你看他们多开心啊，他们想看人头落地，他们想喝我的血，我都看见了。从看见大砍刀那刻起，我就明白我娘我老婆去哪儿了，他们眼睛里还有我娘我老婆的影子。立挺哥，你告诉我，我老娘我老婆到底是咋死的，不然我死不瞑目啊。

你不要问了，人都死了，你这样不停问，她们哪儿都去不了。

他在说谎。他嘴巴藏在胡子里，可他脸上的表情泄露了，他啥都知道。

我每天替她们祷告，每天都在祈祷她们进天堂。她们受的苦她们遭的罪，神会怜悯她们的。

有恨的人永远不会闭嘴，就是死了，他也要说。他们比谁都说得多。

一生二

第二天，那个韩忠信就来了。

坐吧。

韩忠信左右看了看，无处可坐。又看看我坐在草地上，也扑腾一下，坐到地上。

这是韩立阁，立阁爷。

韩忠信朝左边看了看。立阁爷笑中带刀看着他。

韩立阁？就是在外当大官逃跑被抓住审判的那个？韩忠信猛然抬起头，看着我，说，他都死……几十年了，你咋知道他？

我是疯子啊。

你啥时候开始看见他的？

他就住在我心里，他做过啥说过啥我都知道。

不是，你是咋看见他们的？

我想看见他们，他们就来了。

哈想套我的话，这韩忠信，一点也不忠信。

这是韩长老。

韩长老？就是咱们村的韩长老？

是啊，方圆百里还有哪个韩长老？

这是灵子。

灵子？

他根本看不见她。他没有灵性，他脑子被糊住了。

你命硬，多有才华，但怀才不遇。庚子年出生的人，容易回到原点，你不适合当官，经商尚可，但又偏偏喜欢当官；你属木，肝火太旺，容易耗尽运气。你个性急躁，容易导致人际关系纷争，你妻聪慧，但却易唠叨，凌驾于男人之上，所以容易婚变。巽上震下，风雷激荡，实际上是益卦，君子观此卦，会惊恐于风雷的威力，见善从之，有过则改之。你要加强土性，回到根子上找问题。你卯时出生，卯者，茂也，日照东方，万物滋茂，有土，才有物，有物才有茂，你的运就好了。

山川万物朝我涌来。树叶翩翩飞，合欢悠悠舞，水环我而流，观音盘坐于空中，带翅膀的天使拉着马车过来了，我就是个容器，圆鼓鼓的、可以伸缩的容器，它们都跑进来，直接安坐到自己的位置上。无数声音在我耳边响，恐龙、大象、巨蟒、老虎、狮子、野猪，它们对着我吼，它们的声音就是我自己发出来的，我就是它们，立阁爷就是我，我就是立阁爷，他借我的声音说自己的话，我借他的思想说我的话。我是一，一生二，二生万物，我是我，我是所有人。上帝啊，我看见你了。长老爷，我看见上帝了，我看见上帝了。它让所有人说话，好的话、不好的话，谁都可以说，说完他再办你，办完还让你说。他是上帝，我们的创物主，他不能杀光他自己创造的人。

那我该咋办？该咋破局？

韩忠信急慌慌地看着我。他的倨傲不见了，像一只摇尾乞怜的巴儿狗。

立阁爷说了，你要回梁庄。只有回到老祖宗的地方，你才能吐故纳新，吸收新能量。你要盖房起屋，找地势低处，草木盛处，依南背北，盖青砖瓦房，不要红砖平房，春秋两季皆可，夏天易水冲，最好秋天就动工。你在房屋左边种桃树梨树，春天开花结果，右边种杏树枣树，夏天开花结果，左青龙右白虎，它们护着你，你就可以升官发财，再生儿女。

好，好，我早就想在老家盖房了，早就想了，人得有根，人无根则无性,这些我知道。以前我是迷在官场上,没想这些,结果害了我。上面现在也提倡回家看看,我这也算是响应上面号召。

别想着你是响应什么号召,你就想着:我心怀喜悦,一心向善。人善心美,要仁慈,忍耐,你就想着我不如自己老婆,我佩服她,热爱她,愿意服侍她,这样,你老婆就会再爱上你。

那要是我老婆还不爱我,或者,我受伤太深,不想再找她了?

那也没关系,你肯定会有新的爱情,新的家庭。

看啊,他面露欣喜,他得意扬扬,他又在想着害人,他一转运就要害人。立阁爷,你看他多像戏台上的得势小人,他又在畅想他的升官发财娇妻美子梦了。他要是得势了,就会和我老板一样,就要接着害人。

让他回梁庄,让他们统统都回来。让房子一间间再盖起来,让树木一棵棵再种起来,让河这边连着那边,让狮子跨过来,事就成了。

立阁爷又在我耳边细语,他不知道他的声音像打雷,快把我耳朵震破了。

韩忠信喜极而泣。他想要拉我的手。我躲开了。

孝先,你多长时间没进城了?到我家坐坐吧?你得洗个澡,吃顿好吃的,你头发长了,胡子都遮住嘴了,得好好剃剃,你身上的西服都快破成条了,我给你买件新的。

他不是想对你好,他是想让你给他的房子看看风水,他是想榨取你,把你榨干,他就会升官发财。你告诉他,你不去。

我不去。我要放羊,我要和树木花草一起,听风沐雨,我要守着这条河,我得向立阁爷学习《易经》,得向长老爷学习《圣经》,还得陪灵子认识植物。对了,你把你家的财神像换成观音像,把大老板桌从北屋挪到南屋,在主卧的床前放个小屏风,这就好多了,聚气就是聚宝,聚宝就阳气上升,晦气远离。

那韩忠信,半信半疑,又毕恭毕敬地走了。他说他回头再来。他要给我的窝棚买块厚塑料布盖上,再加些木梁结构,他说要给我买些新衣服,添置些生活必需品,他说他要给村支书说一下,把我家再修修,让我回家住。

我已经回到家里了,这里就是我家。我有立阁爷,有长老爷,有灵子,有天地万物,我有了一切。我要学习。从小到大,我获奖无数,没有人比我更会学习,没有人比我理解力更强,我只是没有一个好爹。娟子,娟子,你当初就知道我是农村娃,那时你不嫌弃我,你看见我老板你嫌弃我了。谁不爱我老板?科技大学少年班,神童,数学天才,二十二岁那年公司市值就几亿。可是娟子,我们八年的感情呢?你说,开学第一天,你看见我的第一眼,你就喜欢我了。可你还为他着迷,为一个破Julia能笑半晌,你不知道他公司的漏洞,他快撑不下去了,他知道我知道他的漏洞,他知道我一旦把项目的失败抖出去他就完了,他的资金链就会断,他的投资人会把他杀了,他的名誉就会彻底崩盘。所以,他要害我。

灵子啊,你咋不说话了,你闷闷不乐,你看你孝先哥哥疯疯癫癫,你不高兴了?你孝先哥哥也曾经英俊潇洒,前途似锦。你放心，我会好起来的，我会帮你找你爹妈，我会帮你找到推你的人，那个丧心病狂的杀人犯。一群杀人的人。你在那边，瘫在地上，没人理你，没人爱你。你在这里，你立阁爷、长老爷还有我，我们都爱你，他们还教你知识。你高高兴兴的，我带你去见世面。

大太阳又出来了，就挂在我窝棚上头。火焰灼得窝棚上的茅草叭叭响，蚂蚁草刚醒过来就被烧得四下飞，树叶上的绿脉线直往我眼里钻。

天亮得吓人，热得吓人。

那个韩忠信又来了。

他从一辆小轿车里钻出来，站在门边，等着。又一个人从小轿车里钻出来。小轿车后面还有一辆大卡车。我看见大卡车上站着几个壮汉。他们恶狠狠地盯着我。

他们找到我了，找到我了。他们要把我赶走，要抢我的地盘，他们想把我的书，想把立阁爷、长老爷抢走，他们想让我朽在荒野，烂在地下。多熟悉的场景，好像都发生过。他们闯进我的房间，把我的书全部拿走，把我的电脑抱走，抖我的枕头，翻我的垃圾。我拼命逃啊逃啊，后面的人一直在追我，他们拿着枪，他们朝天上放枪，看着我四处乱窜哈哈大笑。我不敢停，他们逮住我会把我吃掉，连骨头也不剩。他们把娟子抢走还不算，还要赶尽杀绝。

立阁爷，你看啊，这个韩忠信是不是伙同别人，想来害我？他不会要把我的窝棚占为已有吧？

不会的，孝先，他现在有求于你。

万一他觉得我看透天机，要杀了我呢？

他需要你的天机。人有求于人的时候，只会装出可怜相。

韩忠信走过来。他满脸堆着笑。坏人。口蜜腹剑。两面三刀。当面一套，背后一套。披着羊皮的狼。

这是你忠良叔，也在城里上班，已经退休了。

孝先，我和你爹是叔伯兄弟，小时候你爹还带你到我们家玩过，就在城里三孔桥的地方。

忠良叔好。这是立阁爷，这是长老爷，还有，这是灵子。

忠信叔看了忠良叔一眼，轻轻点了点头，很意味深长的样子。

忠良叔恍然大悟似的，笑着说，说，啊，对了，立阁爷好，韩长老好，灵子好。孝先娃儿啊，你太聪明了，你能看见他们？

我冷眼看着他。

你爹叫啥名字？立阁爷问。

韩立仁。

韩立仁？哈哈，韩立仁韩立德，拿刀之人，砍人之人，白话连篇、忘恩负义之人。

立阁爷，我想见见我爹，他老人家已经去世三十几年了，我想看看他咋样了，哪怕见一面也好。

不是想你爹，是想你爹的金条了吧？

那忠良叔脸上红一阵白一阵。

不是，立阁爷，我是真想他老人家，他去世时我没赶回来，想起来都终生遗憾啊。对了，你咋知道？他在那边给你聊过这事儿？

死人不聊天。立阁爷沉着脸，说，报个生辰八字给我，我给你看看。

辛卯年五月五号晚十二点。

这是啥日子？哦想起来了，就是我被砍头那天，那就是立仁老婆看杀头看高兴了，一激动晚上孩子就生了？

忠良啊，你这出生时间可不好，主凶。立阁爷说，你看，辛卯、乙未、丁丑、丙午，你八字中的主要神煞是太极贵人，禄神，桃花，羊刃，你聪明有钻劲，一生丰衣足食，走桃花运，但是，如遇流年不利，则有血光之灾。你是不是痔疮很严重啊，还是脱肛痔？

那个忠良叔脸上有些挂不住，又很吃惊，连声说，是，是，你咋知道？

你八字中火最旺，水和金较弱，你得住到水边。你家是不是发生过火灾？

是，是，你看我胳膊上都还有伤疤。我初中毕业那年夏天，帮我妈烧火做饭，边烧火边看书，就把我家厨房给烧了。后来我吸烟，又差点把城里我那个独家院烧个精光。

他脸上显出急切的神情。立阁爷把住他的命脉了。

我现在最熬煎的是我儿子。他干啥啥不成，找个工作干两天就把领导得罪了，三十多岁的人，天天阴沉个脸坐在家里，谁也不理。孝先，不，立阁爷，你给他算算。他停顿了一下，又说，我就想，要是攒够钱了，给他买个房子，让他把婚结了，那我就不管了。

看来他还惦记着他爹那金条。

这事情不能怨他，是你爹那儿根子扎歪了。你可以先改你的运。你以后多穿白色衣服，你把你卧室换成西边，把你儿子换过来，让他住大房间。

好，好。

命得从根上改。你回来，在河坡里找个合适地儿，盖个房子，在房子四周种上树，树围水绕，补水生金，这样，你家的运势就慢慢过来了。黑林子那儿就是个现成地方。

立阁爷第一次说出黑林子的名字。他在引诱猎物，他一个个诱惑、围捕，要把他们都赶到黑林子那儿。

好，好。哦，不对，你说黑林子那儿？那可不行。那地方可不是谁想动就动的，那里关的人都是犯很严重的罪。他看了我一眼，又说，谁也不知道他们从哪儿来，是国家直管的。

可是，院子大门都是开着的啊，咋他们都不跑呢？

跑？往哪儿跑？没有身份，哪儿都去不了。到处都有监控。那黑林子就不用说了，你看咱们村子，都快没人住了吧，村头村尾，也至少安有百十个摄像头。那忠良叔捏捏衣领，正正身体，得意地笑起来，说，就是我们单位装的，为这，前几年我被返聘回来，亲自监督，全方位无死角蜻蜓眼。

难，才要做。我看着他，直到他眼睛闪到别处。

要改你的运，你儿子的运，那就必须得去做。你是去帮忙修房，又不是捣乱破坏，是好事。你要救他们。不是为了赎他们的罪，是赎你的罪。你要信你儿子，对他有信心。不要怕，要信。耶稣基督曾经说过:"你们若有信心像一粒芥菜种,就是对这座山说,'你从这边挪到那边',它也必挪去!并且你们没有一件不能做的事了。"到最后,你所求的,必得住。你要不做,就是不信。不信,你儿子就没得救。

那忠良叔连声说,好,好。

好,好。他的眼睛狡猾又奸诈,他半信半疑,不相信,却又不敢不信。他嘴上说好,心里却在想着这小子净胡扯。我半闭着眼睛,不再和他说话。

好,好。我就去办。我在县上也多少有些关系,我去打听。再说,叶落归根,支援家乡建设,也是大好事。我也真的想回到村子里,在河坡上盖几间房,看看河,散散步,修身养性,颐养天年。对了,孝先侄儿,你再问问立阁爷,看能不能帮我捎几句话,我就是想问问我爹,想看他好不好?

他想见他爹,想问问他爹到底把金条藏到哪里,要是真问着了,他肯定还想见他爷他老爷,他要问他老祖辈的金子银子,他想的多着呢。

那两个人一直在摆弄我的窝棚。

他们边干活边偷偷看我,眼睛里闪过一丝杀气。他们要把我的窝棚推倒,要在这儿弄一个牢房,他们要把我囚起来,让我在河边也永远看不见河,在月亮旁边也永远看不见月亮。孝先不要让他们得到好,得到好他们就忘了你,你要记住你做事是有目的的,你是要复仇的,你不是为了行善。孝先啊,别听你立阁爷的,想得到好也没啥错,耶稣宁肯牺牲自己替众人赎罪,难道我们就不应该也为别人做点事情吗?是啊是啊,孝先哥哥，你是在救人啊，多好啊，你一救人花就格外香、树就格外直、水流得格外响，是吧？孝先哥哥？立阁爷长老爷灵子，求求你们，别说了别说了，你们在我这儿吵架，在我这儿跳舞，都想指挥我，都想利用我，你们这么盯着我，你们就不怕我发疯？

苦 楝

我没把立阁的信转给立阁娘和梅花。我只犹豫了一上午，一切便都晚了。我早上接到信，上午和立阁娘一起做了礼拜，中午梅花给我送来她烙的小油旋馍。信就揣在我怀里，我摸了又摸，又空手出来。我没给她们。给她们也没用。她们一逃跑就有人抓我。他们知道立阁给我的信，那只是个诱饵。立阁不明白，他们根本不用等机会，不用找借口，他们想抓就抓，想斗就斗。你娘、梅花早就死定了，你也死定了，只是看哪种死法。我不能害了我的信众。我要护他们。我把信给她们，她们会死得更惨，还不如让我去救更多的人。主在考验我。他让立阁娘出来三次，让梅花出来三次，它在考验我。那场大火一直在烧，把心里烧出一个个大窟窿，下雨雨漏，刮风风进，我挡不住。

我喜欢到夏牧师那里去。夏牧师总是坐在爷爷的后院。他喜欢晒暖儿。我喜欢听他讲经。来听他课的人可真多啊。十里八乡，一到礼拜日，他们就放下地里的活，洗得干干净净的，像过节一样,往教堂来了。教堂就在土地庙旁边,那边供着观音,这边耶稣在正中间。为盖这个教堂,爷爷专门往山东去看样式,山西那边的教堂快被毁完了。红砖、白墙,尖尖的阁楼屋,顶上竖红木十字架,又从上海那边运来彩色琉璃嵌成窗户,宝蓝、深紫、玫瑰红、绛红,日头照进来,房间里散发着五彩祥云,堂皇富丽。夏牧师的声音不高,还有些山西口音,说到激动处,声音抖,手抖,整个身体都在抖,好像他被自己的罪羞耻着,他害怕,又在等待上帝的降临。每当这时候,人们格外安静,他们爱眼前这个羞愧的牧师,他们对他的话确信无疑。他们心里有信,赞美诗唱就格外高,心里就格外清亮安静。

那些人,手举榔头,喊着口号唱着歌,一下,两下,三下,耶稣的头掉了,犹大的头掉了,最后的晚餐成了碎片哗啦啦倒在砖头瓦砾中。我躲在家里,我怕我的信众看见我。我怕他们看见我的羞愧。我浑身抖得厉害。上帝啊,原谅这些罪人。我不敢拦。我怕,我怕火烧到我自己头上,我怕任人围观,我不想落得立阁的下场。

我不知道咋回答立阁。美国的韩长老质问我,你为啥那么做?主啊,我是背叛过你。背叛好多次。一百多年前的火还在我心里烧,我还能闻到肉烧焦的味道,又臭又腥,那些没烧熟的肉就扔在地上,野狗撕来抢去。夏牧师说他藏在街角,捂着嘴,他不敢哭出声,不敢去领尸体。夏牧师说的时候,紧紧裹着衣服,冷极了,怕极了,空气都结住了。那时我就害怕,就有疑问,上帝为啥让人这样奉献自己。这疑问像毒蛇,盘在我心里，一天天毒害我。

孝先眼睛里也藏着怕，很深很深。它们把他给压垮了。他害怕人。他一旦张口，就停不下来，歇不下来。可怜的孩子，你要学会爱。爱里没有惧怕。爱既完全，就把惧怕除去。因为惧怕里含着刑罚。惧怕的人在爱里未得完全。人躺下，必不惧怕，才能睡得香甜。

长老爷，你说要学会爱，可你看这些人，谁不是怀着恨？他们为啥背叛我，为啥要害我？孝先问我。

那些人没有恶意，他们只看到自己，他们是可怜人。

比我还可怜？

你不可怜，你善良，还会爱人。

可他们要害我。我碍他们的事。我都看见了。他们往我水杯里倒东西，往我抽屉里塞毒蛇，找人盯我的梢，开车撞我，他们就是想弄死我。连我爹都要害我，他让我吃恁些药，是条牛也会被毒死。他想我死，我死了他就轻松了。

神爱人。他知道你受的苦。

长老爷爷，现在都是科技时代了。宇宙是大爆炸产生的，无理性无方向，偶然膨胀如此，哪有造物主，哪有天堂，哪有神？那些星星都已经死了多少亿年了，那天上的太阳不是唯一的太阳，银河系里就有无数个。你知道宇宙有多少个银河系？数不清，数不清啊。时间无始无终，变幻不定，空间里藏着空间，黑洞、奇点、引力波，它们才是宇宙的主宰。

不可这样说啊孝先，上帝是我们唯一的造物主。

那恐惧又来了。孝先眼神空洞，他被缠住了，找不到出口了。

那又怎样？难道我不是偶然来的？父母的精子卵子偶然相撞生了我，我偶然考上大学，我老板偶然喜欢了我女朋友，我就这样偶然发疯了。

孝先哗哗哗翻着经书，转头对那还没走的人说，你们看，上帝创世造人，人慢慢形成一个世界，可其实，世界本来如此。人只不过让世界的形象显现出来，这就是上帝的目的。他显现这个世界，让你看到自己的渺小，感受到宇宙的威严浩大，同时，又让人有所依靠。这才是创世，因人在而显世界，因世界而彰显上帝。

人让世界的形象显现。活这么多年，我第一次听人这样讲，真是好。可不就是这样吗？神创造了世界，人让世界显现，同时又看到了自己。我一辈子都没悟出来，孝先三言两语就说出来了。

主啊，我看见了。

我看见两具白白的尸体，她们被桥桩挂住，泡在水里。孩子们趴在木桥上，努力往下探着身子，拿棍子又戳又捣，一缕一缕肉随水漂走。待我晚上再去时，尸体已经不见了。月亮照在河上，啥也没有，干干净净。我跪在河边祷告，主啊，原谅我们这些罪人吧。

棚屋里的灯在亮着。豆苗一样的火，一闪一闪。我看着它，它在召唤我。我走过木桥，踩着鹅卵石，来到棚屋面前。棚屋的主人在等我。他是河对面村子里一户人家的儿子。父亲自杀之后,他就带着老婆、孩子,来到这荒凉的河边,安营扎寨,重建家庭。他曾经是信徒,也到梁庄拜访过我。但自那以后,他就再也没有和谁联系过。

他拿着火把,扛上铁锨,带我往岸边的树林里走,一直走到一个由三棵苦楝树组成的三角地面前,他站住了。

三角地上挖了一个深坑。深坑里,躺着两具尸体。是立阁娘和梅花。她们身上被覆了一层布,只露出头。她们的头发已经没了,立阁娘的眼睛没了,梅花脸上的肉少了好几处。

不是鱼啄的,不是河里石头刮的,不是孩子们用棍子戳的。

他们在镇上审判立阁,另一拨人到立阁家里,把立阁娘和梅花绑住了。他们从院外找到院里,从地上找到地下,没有找到多少值钱东西。他们把立阁娘和梅花扒光,看她们是不是把钱藏到裆里了。

人群里发出嗷嗷的怪叫声,有人怂恿傻子铁蛋,说,"去啊,去啊",傻子铁蛋扭身冲了出来,哭着喊,"脏,脏。"人们又大笑起来。

我躲在人群后面,远远站着。我怕他们看见我,不管是谁一时兴起,我就可能也被绑起来。我不能被绑起来。我不能光着身子,不能。立阁娘闭着眼睛,死死闭着,无论谁拿棍子打她,拿手指戳她,她都不睁眼。梅花瞅人不注意,把头朝梁柱上撞过去,还没撞到,就被人拦住了。她又往拿刀的人身上撞,那些人齐刷刷地后跳,不让她挨着。

立德娘拄着拐杖,一路骂着过来了。她骂他们,你们做这伤天害理的事儿，上帝不饶你们，阎王爷也不会饶了你们啊。立德正满头大汗掘东屋的墙根，立阁头一被砍下来，他就从镇上一路奔回来，赶上参加这里的事儿。他听到老娘的声音，从里屋蹦出来，喊道，妈，你赶紧回去，别在这儿丢人现眼。立德娘伸出手就给立德一巴掌，说，要不是你立阁二哥，还有没有你，你在这儿作啥精啊？

立德六岁时肚子里长了个疙瘩，疼起来在地上打滚，立德娘找郎中看了，说是有虫，吃宝塔糖打了就行。虫下来不少，可肚子的疙瘩还在，还更大了。立德娘去土地庙求过土地爷，吃了土地爷的土，也到观音庙求过观音，喝了观音水，还是不见效。立德越来越瘦，顶着个大肚子，连路都走不动，站也站不稳。立阁从日本回来，照例到各家问安，看到立德这情况，说这病他在云南见过，是肿瘤，长到满肚子时人就不行了。他让人把立德送到县医院，不行，又送到开封府，开了刀，立德才慢慢好转。立德娘为了感谢立阁，让立德立仁去立阁家打杂，做些杂务，也混碗饭吃。每次立阁回家，立德娘都让立德下跪叩谢，感谢立阁救命之恩。

立德娘又去打立德，立德一把攥住他娘的手，大声吼道，娘，你知道啥啊，我在他们家干活，他们给过我工钱吗？你还给他们说话？他们一辈子吃香的喝辣的，你吃过几回肉，你算算？两千年了，陈胜吴广也该转一次世了。

立德娘嚎哭起来，我咋养了你这个忘恩负义的儿啊，这要遭天打五雷轰啊。

立德把他娘架出了人群外，自己又跑回去，继续挖墙。

立德娘又一步一步挪回来，捡起立阁娘和梅花的布衫，给她们披上，又蹲到地上，让她们把腿伸进裤子里。那裤子穿上又掉，穿上又掉，她蹲下，又起来，又蹲下去。她浑身抖着，想把她们的裤子穿好。

她说，二嫂子啊，他们啥也不懂得，他们被油蒙了心，早晚会遭报应。

人们看着立德娘，没人上去帮忙，也没人说话。

我在后面看着，我不敢上前帮忙，也不敢说话。我咬着嘴唇，死死咬着，我怕我会哭出声来。不是为立阁娘，也不是为立德娘，是羞耻。我在心里呼喊上帝，快把我带走吧，带走我，到地狱去，到十八层的最底层，让最猛烈的火烤我。我不配活着。

他们挖了一天，啥也没挖到。已经挖了几轮了，连老老爷、老爷和爷的坟都被掘开，棺材起出，尸体扔到外面。他们要找传说中的几屋子银元宝。立阁娘说那些钱本来就没剩多少，后来立阁又捐给军队了，再没一个了。立阁娘的声音又细又弱，没人听见。他们一心一意挖地、砸箱子、拆床。

啥也没有。

于是，他们扭过头，盯着立阁娘和梅花。

啥也没有，你每天还吃油旋馍？

就是，前晚上她们还在吃肉，那香气呛得我快晕过去了。

他们扒掉她们的衣服，有人举起锹，一锹扇了过去，有人拿起身边的碗、盆子、筷子、椅子，往她们身上砸，又扑过去，使劲踩倒在地上的立阁娘和梅花。

他们架着立阁娘和梅花，往河边走。没人说话，没人互相对眼神，他们就往河边去了。他们进到河边的树林里。女人们不敢跟进来，就站在树林边上，等着里面的出来。另外一些人，捂着胸口，回家了。

那站在树林边上的张望的，眼睛后来都看不清东西了。那捂着胸口的，胸口一直疼，疼到死。

我跪在地上祷告，主啊，救救我吧。救救我。

立阁啊，你要是看见，你就明白她们躺在这苦楝树下的时候是最好的，你不要找了，就让她们安静躺着吧。棚屋主人已经把墓坑填平，把土压实，上面铺了树叶，谁也找不到。她们再也不用遭受人间的酷刑。

立阁啊，要是你愿意承认，你肯定已经看见了。透过合欢树，再往下看，就是渡桥的地方。尸体就在桥桩下被挂住了。你肯定看见了人们像过年一样，一层层围在那里，脖子伸着，像要吃掉那被围的东西。你要是往河对面的树林里看，就是你说的绿狮子的脚跟部位，你就能看见那里面有三棵苦楝树，它们的树叶比周围的树叶更绿更厚实，它们的树干比别的树更粗更直，它们的枝条在空中结成一个巨大的树冠，那树冠的下面，就格外荫凉了。春天的时候，那紫楝花一层层落下来，严严实实地盖在那上面。那楝花的香气浸到地下，浸到她们的骨骸里，她们就可以安息了。

你知道。你只是不愿相信。

秋

血月亮

人越来越多。

一个人来了,就会带家人来,再带朋友来,然后又带一群人过来,成群结队就都来了。他们开着车,三轮车、小轿车、大吉普、跑车,直接开到地里,半腿高的艾蒿、野菊、决明、野人参被车轮碾倒在地,压回土里。孩子们啸叫着,互相追打,玩枪战,捉迷藏,站在坟头比赛看谁能跳到另一个坟头上。妇女们成筐成筐割菊花,她们要做菊花枕头,清凉明目,成捆成捆割艾蒿,说要插在门口驱邪。她们边割边聊着闲话,声音又高又噪。

就有些卖东西的人过来了,烤红薯、烤甘蔗、炒凉粉、炕火烧,小贩们推着自行车,提着篮,拉着板车,扛着布袋,都来这河坡上了。他们把货物摆在地上,把炉子燃起,把鏊子烧热,双手袖在一起,贪婪地看着走过的每个人。那些流浪汉、要饭的和不知以何为生的人从阴暗角落钻了出来,也来到这河坡上。他们在人群里挤,被人骂了,赶出来了,就卧到河坡角落的蚂蚁草上和野人参丛里,一把把摘着野人参果吃。

里三层外三层，人们拼命往前挤。他们踩在我们头上，大头皮鞋、粗跟坡鞋、带钉子的户外鞋，毫不留情地踏在上面。

有男人一路跑过来，要把他的女人拉走。他女人早起不做饭不干活就到这里来了。

那男人说，你听这有啥用，当饭吃了还是当衣穿了？

那女人说，我听听心里美啊。

心里美当饭吃了？那男人拽着女人的头发，女人的脸被挣了起来，眼睛鼓得快突出来。

旁边的人说，建军你就别管你老婆了，她听听心里也有个疏解啊。

儿都没了，还疏解个啥啊？那男人蹲在地上，抱着头。

女人哇的一下子哭出来，哭得空气都震起来。

有人叫道，别吵了，别吵了，他出来了。

孝先站在窝棚前，赤着脚，西服一缕一缕挂在身上，大日头照在他脸上，金光闪闪。他静极了，如同定在地上。他缓慢扫视过大家，像是没看见眼前的杂乱和卑俗。喧闹的人们一下子安静了，哭的人也噤声了。

孝先看着踩在我们上面的人，说，下来，你们踩到他们了。

那些人想笑，却被他声音里的寂静和独断震慑住了。

你们不知道地下有什么，你们看不见。你们脚下踩的是三个人，立阁爷，长老爷，和灵子。他们是你们的家人，你们的朋友，你们崇拜过的人。太阳一落，你们就忘了他们，忘了你们的过去。你们只看见自己，只看见眼前，不知道灵魂是什么,不知道自己有多黑暗。生而为人,不见山川,不看大地,何以为人?

人们听孝先训话,心甘情愿把自己交付出去。

精神贫乏是一种疾病。孝先继续对众人说,你们吃得饱穿得暖,却彷徨无依,那是因为你们是空心人。你们看见花,不再感动,你们看见河,却看不到远方,看见清淡的食物,却不感觉到欣喜,身在雾霾里,没察觉呼吸困难,你们被老板剥削,却不感到痛苦,被领导辱骂,却不觉得羞耻。这就是空心人。

人们饥渴地看着孝先。孝先的话如此新奇,他们不觉得他在骂他们,却觉得他是在爱他们。

你看,立挺哥,还是空心人,几句疯言疯语就又被迷住了。他们心里有个黑洞,一有机会,就变心。

立阁啊,别责怪他们。谁没有软弱过、动摇过、怨恨过?我躺在床上,看着门口,日复一日地等。等人。早晨日头升起时,总有一小块光斜入门口,我看着它一点一点移动,直到它离开、消失,屋子又暗下去。我听门口任何一点响动,小蜥蜴嚓嚓嚓蹿过去,苍蝇打雷似的飞过去,蚂蚁在地上爬,身上背着粪便、树叶、唾沫,努力往门槛下面的洞里钻。我听着脚步声。没有。黑暗再次降临。日头又升起。没有人从我门口路过。门庭若市的门口,无数信众进出的门口。他们都到哪儿去了?美国的韩长老哪儿去了?我给他写过信,那已经是好多年前了。我说我快死了,我想见他一面。我不是叛徒,我是主最忠实的仆人。他们说好啊,你想当主的仆人,你想以身殉教,那好啊。我看上帝救不救你。

谁都知道黑林子。人一卡车一卡车被拉进来,一进去,就再也没出来过。我熟悉里面。那是立阁的房子,他立志要盖个像欧洲那样千年留存的大宅,他要让这院子成为博物馆,安放他游历全世界搜罗来的奇珍异玩。珍玩早被抢空,红木的梁,红砖的墙,大理石的影壁,一点点被拆掉,拿走,只剩下一个空荡荡的院子。那株大榕树,根须垂地,枝叶浓密——立阁曾炫耀,这是世上最美的树——疯狂地扩张自己的领地。枝条上的根须垂到地上,又成新的根须,绵延不断。立阁种的芭蕉、椰子、杜鹃、相思又都活了,它们越长越高,越长越密,慢慢就把大院封住了。河坡一点点塌陷后移,大院离村子越来越远,像一个岛屿一样,慢慢漂移,直到自成一体。

那些人每天排着队从院子里出来,到最西边的河坡地干活。他们挖茅草根、芭茅根和各种草根,把根上的沙土筛出来,平整成地。村里人笑得不行,等着看笑话。那地方,几千年都种不出庄稼,他们能种出来,鬼才信。可是好像也没关系,他们在那筛出来的地里,一年年种玉米、花生、西瓜,不管有没有收成。

有一天,有人来带我走,说要到黑林子走一趟。我老老实实,没说一句反动话,我的教堂被拆了,我没有再盖,我家里贴的对联是:花沐春雨艳,福依党恩生。我说我没有犯罪。他们说不是你犯罪,是黑林子里面有个人宣称他见到上帝了,上帝和他说了很多话,我们得找个懂行的,看他到底咋看见上帝了?那几个边说边哈哈笑。那主内兄弟躺在地上,双目赤红,浑身发烫，他手向上伸着，不停地叫，主啊，接我走吧，我看见你了。我回头看看那些跟着我的人，他们正看着我，像猎人看着小羊。我握住那位兄弟，紧紧握几下，他安静下来，手也回握几下，那手里有温暖有喜悦。我知道他看见主了，他得救了。我回过头，对那些人说，啥也没有，他就是发高烧说胡话了。我又说了假话。主啊，我一生中背叛了你无数次。

长老爷，他们在问血月亮的事情。孝先转过头来对我说。

那天晚上，他们怕极了。他们看见月亮从白变蓝，变青，从青又变为苍白，吸血鬼一样的白，然后，就是死一样的蓝。没有光，没有空气，就是一个沉甸甸的圆球，里面的屋舍瓦宇都清清楚楚，有人在里面坐着。慢慢地，它被遮住了，消失了，等再出现的时候，就变为血月亮了，鲜红的血雾弥散在月亮中，像经过一场激烈的战争，里面的人变成骷髅了。人们像中了诅咒，疯了一般，夫妻打架，姊妹生仇，路人互殴，一些年轻人去街上打砸抢烧。

血月亮？"日头要变为黑暗，月亮要变为血"，这是预言，最后的审判要来了。

早就该审判了。立阁嚷道，也该让神审判世人了。他们不会不做恶事，他们有颗嗜血的心。孝先，你要惩罚他们，把他们的命捏在你手里，让本来朝西的向东，朝南的向北，让他们的生活颠倒混乱，妻离子散，黑白不分。

立阁啊，别那么说，自有神惩罚他们。

你们回去吧。孝先对着众人高喊道，你们记住，违背自然规律，违背基本的人伦道德，那月亮上的血就是你们的血。你们不要想着这是我的,那是我的,你们要破除"我执"。一切都是无常,都在变化之中。你从婴儿、儿童,成长为青年,再到衰老、死亡,刹那变化,没有一个是永恒的。你也不要想着你能主宰一切,你连你的手都不能主宰。你能伸出你的食指、中指,你能让你的手握紧,但是,你能让你的手指向外握成拳头吗?不能。你不能主宰你的手,你不能主宰你手的生长变化、血脉的流动,从生到死,手都是自己完成自己的功能,不能完成的怎么样也完成不了。神创世时,世界是这样,现在还是这样。只要神眷顾你们,你们便有福了。你们在家要勤打扫,勤供奉,你们要捐出你们收入的十分之一。

孝先站在人群中间,人们坐在地上,仰着头,认真听他讲。

那个人来了。就是那个人。他穿着白袍,脸色苍白,眼里却有火。他在彰显奇迹。

月亮的银光在河面上闪烁。远方在哪儿,没人知道,可是看河流的方向,听河水的声音,就知道,它必然在那里,就还有希望。照过那人的月亮今天还在,他向我们显现了他自身。

人们听了孝先的话,像饮了琼浆,美妙又庄严,待酒劲退了一些,就有些不确定了。

哎你说他是不是个骗子啊?

他骗你啥了?

你没听见他说让捐钱啊。

骗子又咋?他又没把钱装自己口袋里,你看你拿的酒都被退回来了。现在人都没啥寄托,谁能说到你心窝里,谁就是大圣人。你没看人越来越多，恁些人愿意照顾他，可他照样住河坡白天放羊晚上读书。

那倒也是。可你舍得捐出十分之一？

那只是说法，只是让你表决心。谁知道你财产多少？

我要在城里给他买座房子，用最好的材料装修，我要给他买他需要的文房四宝，买最好的香炉最好的香，让他的房间终日飘香。这也算我捐钱了吧？

那还是我来吧。我家有现成房子，只装修一下就行了。就在护城河边上，环境清幽，平时你们都可以去。

别和我争，是我先想起来的。我供，你们只管来就行，他给我祈福，也会给你们祈福。

我家房子大，你知道的，必须得给他准备四间房。

那当然。四间不够，还得有供堂、灵修室。真是奇人奇象。一生病，天眼开了。

是啊，啥都知道呢。今儿还提起我老爷的事儿。说当年为一句话我老爷提刀砍了邻居，结果，引起俩家族大仇杀，双方死了七八个人，我老爷跑到甘肃几年避难，在那儿和我老奶奶结婚，有我爷，想着没事，就回来，一回来就被抓枪毙了。他咋知道？我都是多大了听我爷说古经才知道一点点的。他咋知道恁些细节？我听得心里一颤一颤。这孝先是不得了了，通天地，晓古今，那就不是病的事儿了。

蛟龙藏海。要是还在省城，他可能就是个一般人，一回到这坡上，吸天地精华，他就圆满了。

也不是，听说他在坟里埋了几天，出来后就通灵了，和下面的人接上头了。唉，还是得信命。人的命，天注定。先是高考状元，到省城挣大钱了，结果神经了，以为不行了，看，一个更大的命在这儿。咱们再蹦跶，又有啥用？

对了，听说梁庄村东边烟囱里面的那两个树突然又高出许多，直往空中长，像两个大蘑菇云，两头大怪物，很不吉利。旁边又有人说。

天有怪象，必有异人出。你听说了没，前段时间，有五个人正在河滩里挖一个大坑，政府要在那儿建一个垃圾填埋场，挖得好好的，其中一面墙倒了，五个人被埋进去，死得透透的。去看过的人说，那个坑浅得连个王八都盖不住，那面墙也只一层砖，压不死人的。你说怪不怪？

你看人家韩孝先，掉到坟里几天都没事。

不光这，出来还通灵呢。真是奇了怪了。

你还别说，我还真想到下面去看看，要是能再见见我那小闺女，就是被埋到坟里憋几天又有啥？

见了小闺女，还想见爹娘，想见的多了去了，那不就乱套了？

见完了说不定也还想着当大师呢？

说的人和听的人都笑起来。

孝先面色淡然，他好像对人封闭了视觉听觉，不管人们说啥话做啥事，他都没看见，他沉在自己的世界里。

倒是立阁，一直专心听那些人说话，他肯定又在琢磨啥事儿。灵子在忙着采集草籽、花籽，她说来年春天要在这河坡上种一个植物园，让每种草每个花都有自己的地儿。

利涉大川

孝先哥哥变了,说的话我都听不懂了。

他们看着孝先哥哥,像要把他吃了,我不喜欢。他们的心是黑的。他们要带走他,吃了他,毁了他。

我不喜欢离开我的花,我的小苍耳小甲虫小蒺藜。我走了,它们长给谁看,跳给谁看?

灵子,城里很美。高楼大厦,路又宽又直,一眼望不到头,商场里各种各样的玩意儿,花花绿绿的,都可好看,汽车、火车、飞机,那可是个大世界。

哼,说得可美,那你咋从大世界回来了?

我啊,我回来是积蓄能量,接着战斗,我要让害我的人看看我是打不倒的。

你现在积蓄能量了?我看你都快累死了。

孝先哥哥扬扬手中的书,说,不要小瞧你孝先哥哥,我可是少年奇才,我是超级演说家,擅长融会贯通,说服别人,我能把黑的说成白的,白的说成黑的。我要重新杀回去,让那些陷害我的人落到我手上,我要成为他们的导师,让他们崇拜我,朝我下跪,向我低头。我的读书会能请到各界精英,小伙伴们特别崇拜我。对了,小伙伴?那些小伙伴到哪儿去了?……

孝先哥哥眼睛又发直了,抱着书一圈圈转,他又犯癔症了。他说的啥话他自己都不知道。

可他真聪明啊，比我哥聪明一千倍一万倍。立阁爷爷让他看啥子《论语》《易经注释》《金刚经》《法华经》，讨论啥五行八卦天干地支震巽吉凶，长老爷爷让他看《圣经》《耶稣生平》《忏悔录》，他俩经常为孝先哥哥学啥吵架。孝先哥哥不插言。看《易经》时就问立阁爷，读《圣经》时就找长老爷。他问的话他们俩都高兴，都说孝先哥哥聪明。

人们提着烟啊酒啊人参麦乳精啊啥的，偷偷塞进孝先哥哥窝棚里。孝先哥哥不抬眼看他们，冷冰冰地说，拿走。那些人磨磨蹭蹭，又往里面塞一下，嘴里说，一点小东西，不成敬意。

孝先哥哥睁开眼，眼里射出一道光，说，拿走。

那些人把礼物又拿出去，放到远处，再弯腰回来，坐在窝棚前的草地上。

他们大屁股压在蚂蚁草上，又肥又臭。蚂蚁草吱哇乱叫，朝我抱怨。可我有啥办法。那些人都有个毛病，边和孝先哥哥说话，边拽身边的草啊花啊，星星草、野菊、野芹、野塘蒿、野缨丹、白茅，都被拽得光秃秃凄惨惨。

那个胖婶子又来了。

她站在远处，浑身像被啥苦东西泡过一样，发胀发虚，看见她，我嘴就苦得发涩。

天黑下了，孝先哥哥的羊回来了。孝先哥哥躺在羊身边，睁着眼睛看月亮。我再回过头，胖婶子不见了。好几天都是这样。她想过来，又怕过来。她身上裹的花毛衣颜色都褪了，那牡丹花月季花都快要从她身上跑掉，我真想把我黄艳艳的野菊花粉红红的地锦花种到她毛衣上。她盯着孝先哥哥，眼睛快要滴出水。她是太喜欢他了，喜欢到不敢靠近他。她看孝先哥哥像看见天神，只想下跪朝拜，又像一个当妈的看见自己娃，只想过去抱住他。

她一定是没自己娃了。

我走过去，拉起她的手，我要把她带到孝先哥哥旁边。

她手很厚，又软又湿，我手放进去，就被紧紧包住了，又踏实又暖和。我浑身发软，快要化了。我一张嘴，就叫她花婶儿。我想起我妈。我又想我妈了。

我指给她看我最喜欢的花，最喜欢的草，我给她说不要怕立阁爷爷，他只是壮志未酬身先死。我不太明白这句诗啥意思，可立阁爷爷天天嘟囔，我知道反正他是不甘心死恁早。我告诉她长老爷爷九十多岁了，糊涂了，天天想着上帝来接他。可他最需要的不是上帝来接他，是晒暖儿。我说我第一次见到孝先哥哥就喜欢上他了。谁见他都会喜欢他。不要怕他，他只是有时候暴躁。那会儿，其实他谁都不认识。

我把她手交到孝先哥哥手里。

孝先哥哥看着她，拉住她手，轻轻握着，一动不动。

花婶儿眼泪哗哗往下掉，她前后仰着身子，想挣开手，想抓把土往自己脸上涂，可孝先哥哥抓着她手，她动不了。

孝先哥哥轻声说，就剩你一个人了啊。

花婶儿嘴巴张开，号哭起来，鼻涕全流到嘴里。她打着嗝，胸脯上下荡着，像河涨水了一样。他们走了，他们把我一个人留下来，我活着还有啥意思。我想死，我一直想死啊，我想去陪他们。可我不敢死，我一死，还有谁记得他们啊，他们连个念想都没有了啊。我天天来这坟园，我以前咋没看见你啊，我要是早看见你就好了啊。

孝先哥哥握住花婶儿的手，握得紧紧的。他都不握我手，他真是个偏心眼儿。他都知道我喜欢他，他就是不理我。他都知道我想有人抱我，他就是不抱我。

花婶儿每天都来。

她提着个大篮子，篮子里装着喷喷香的小米粥大白馒头咸萝卜丝，等人们走了，她就悄悄过来，把东西一样一样摆在孝先哥哥面前。孝先哥哥就吃了。我听见立阁爷爷在咽口水，每一样菜他都点评点评，长老爷爷不说话，他看着孝先哥哥一吞一咽，脸上有点笑了。真是，孝先哥哥连让都不让我们。

花婶儿看孝先哥哥吃她的饭，也笑了。

她说她老公和儿子一出门就没了音信，她在家里春种秋收，养鸡养鸭，拾掇房子，等着他们回来过年。第一年他们没回来，那些回来过年的人们说她老公和儿子可能是想挣更多钱所以不回来。第二年又没回来，那些人支支吾吾，没有人给她个明白话。她想着是不是老公不要她了，可儿子不会不要她啊，她想着他们是不是出事了。到第三年，她再也等不下去了，她带着卖猪卖鸡的钱，去那个城市找当年带他们去的乡亲。那是她第一次出远门。到了那儿，她才知道，有好几个乡亲在那儿买了房子、车子、户口，他们是城里人了。他们看见她，面带愧色，说她老公和儿子来的第一个月就被广告牌砸死了。他们在这个城市专门给人挂广告牌。那广告牌是一个巨型立体圆形的木啤酒桶，要悬空挂在夜总会门口的上方。

花婶儿两个胳膊努力向外伸，比画那个啤酒桶的形状。她身体往后仰，好像那啤酒桶正压着她，要把她压倒。

她老公在上面拉那个啤酒桶，儿子在下面托着。结果，啤酒桶太重，她老公没拉住，啤酒桶滚下来，儿子当场被砸死，她老公救儿子时也被砸倒在下面。老板跑了，工程停了，他们找劳动局人事局，信访局也去过，可都没办法，没有合同没有保险，老板的身份证也是假的，找不到人。几个老乡就凑钱把他俩烧了。她说你们心太狠了啊，我活不见人，死总得让我见个尸吧。那老乡说主要是尸体不像样子，头都快砸碎了，没法见。

她说他们走时她右眼皮就跳，她没和其他妇女一起去给菩萨烧香，也没有和她们一起在家里唱诗祷告，她想着她勤劳善良，孝顺公婆，不打麻将不说闲话，不管是老天爷、佛祖观音还是耶稣基督都会让她过好日子的。她说她看见孝先时就知道她错了，她不虔诚，佛祖和神在惩罚她。

花婶儿的眼泪河一样哗哗流。我拉着她手，我想去抱她，我想坐到她身边，给她讲我的故事。可是眼泪糊住我，我啥也看不见。

你哭了？花婶儿拿手来擦我脸。

没有啊。

可你在流眼泪啊。

花婶儿你能看见我？

我看不见，可我知道你在流眼泪，我像能看见你一样。

我又哭起来。

花婶儿，我都不知道我在哭，我忘了眼泪是啥味儿了。

咸味儿，苦味儿，流到嘴里能把嘴蜇烂，你看我嘴巴里面，都是泡，血泡、脓泡，你看。

花婶儿张开嘴，我努力睁开眼，她舌头上都是大大小小的血泡。她一张嘴，那些血水就要流出来，她又把它们咽下去。

我眼又啥也看不见了。眼泪扑嗒嗒一直流到嘴里，我也尝出了味儿。咸的，像我想我爹妈的味道；苦的，像我想我哥揍我的味道；涩的，像我想小玉和我闹气时的味道。它们在我嘴里来回搅，说啥也不离开。

花婶儿花婶儿啊，我知道是啥味儿了。咸的苦的涩的，不好吃，可我喜欢，我喜欢啊。

花婶儿不断点头，眼泪河一样往她嘴里流。

灵子，把眼泪擦干吧。孝先哥哥声音很低，可很温柔，他说，尘世之苦也是其乐，花婶儿之苦正是她心里最温暖之地，说明她还没丧失灵魂呢。她哭哭，心里腾出了空，就有地方放自己了，她就能活下去了。

孝先哥哥，那你说，我妈我爹我哥不来看我，是不是也去了城里，也出啥事儿了？

灵子啊，我不知道。他们不来看你有不来看你的理由。也许，是来不了呢。你想着他们，他们肯定也在想着你。

我不信。我擦擦眼泪。我不为他们哭。他们要是想来看我早就来了。他们不来算了，我有河坡，我有你们就行了。

合欢树叶子青了，红了，又黄了，风一吹，哗啦啦往下落。秋天来了。土开始变轻，那些粘在一起的土块又碎开，变成碎土，风一旋，就旋走了。

我不耐烦秋天。但我耐烦秋天的颜色。颜色，从眼跟前金黄的蚂蚁草、淡红的合欢树叶、枯黄的野人参秧架，一直到河坡下面，各种奇怪颜色的灌木，枯白的大芭茅丛、贴地的土黄地衣，一层层的，一样样的，好看极了。

立阁爷爷对孝先哥哥说，不要迷恋这河坡的颜色，这太老庄了。

立阁爷爷好像是看透了我的心思一样。

孝先哥哥说，立阁爷，现在的问题不是太老庄，而是不得不老庄。你看我，我都不知道自己怎么回到河坡上的，又不知怎么看到了你们几个。

立阁爷说，想这些没意义，你就想，你还能干些啥。人活一口气，这口气没了就真的啥也没了。

孝先哥哥看着远处的河，看着一层一层的金黄，说，我就觉得这儿不错，我不喜欢人们围过来，可我好像又很喜欢。我想不清楚我是咋回事了。

立阁爷爷哈哈笑起来，这就对了，你还是喜欢的，你心还不死，你要复仇。你不能让那些害你的人逍遥。你得回到人世间，你得回城里去。

人世间，孝先哥哥叹了口气，声音突然低了下去，说，我不想回去，我想在这儿放羊看星星看月亮，我想和你们在一起。

孝先，你不要害怕，你现在有我们，你看你已经被人崇拜了。立阁爷爷声音忽然变了，压得很低，像是怕别人看出他心里想的啥。

不过，城里是啥样子，我还真想知道呢。小玉就去过城里，回来让我看她头上红红的玻璃发夹，摸都不让我摸一下。她啥都比我强，她长得好看，有新衣裳穿，有爹妈稀罕。她到现在还念着我，好几次都跑到我这边了，她就站在我头顶上，给一起来的人说起我，说我可怜，说我十三岁就死了，说她现在还记得我坐在大槐树下盼着人过去和我说话的情形。我急得直跺脚，我大声喊，小玉小玉我在这儿，就在你脚下啊。她一点也听不到。

长老爷爷一直不作声。他话越来越少了，我知道，他不高兴立阁爷。

孝先哥哥从羊身上起来，在草地滚几滚，薅一把蚂蚁草揉自己的脸，说，就这样，咱们一起走，咱们去闯开一片天。苏格拉底说，世界上只有一种善，那就是知识，只有一种恶，那就是无知。我要用善来控制恶，让恶开出恶之花。未经省察的生活不值得一过，他们不但过了，还过得心安理得，我要让他们赎罪，让他们付出代价，我要建我的理想国。灵子，你过来，你要记住，不要想那些重的事情，你要开心，要保全你心灵纯洁的部分，要轻盈，我才能心无旁骛，保持升华。

孝先哥哥的眼睛闪光发亮，他的话在空中翻着滚着，一直跳到河对岸，再往远处跑，一直到最深处。我听不懂他的话。可我知道，我是很轻。我脑子是轻的，我骨头是空的，风在里面吹着口哨翻着跟头。

河水退了,鹅卵石露出来了,大芭茅枯了,合欢树的树叶儿早就被来听孝先哥哥讲道的人摘光了,灌木丛秃秃的,眼前啥遮的都没了。

河对岸的那家男人又在修木桥,已经很少人从上面过了,也没人给他们粮食了,他们还在年年架,年年修。远处的水泥大桥看着他们,浑身钢筋都笑得抖起来。我看着那个男的从和我一般大到变成一个秃老头,看着他身边那个年轻女人慢慢也变成一个弯腰瞎眼的老人。我听到过他们的声音。在连树叶儿都不落、河水也不流的黑夜里,我听到过他们的声音。那些声音叠在一起,上下飘浮,像吃了糖一样,舌头根儿都被腻住了。他们肯定抱在一起。我也想有人抱住我。从来没人抱过我。长老爷爷说人要相互拥抱,我不知道那是啥感觉。

胖花婶儿见天来,有时带她朋友一起来,和她一样胖,一样在苦水里泡着的女人。她们围着孝先哥哥,仰着脸,听他说话。孝先哥哥忙的时候,她们就自己围成一圈儿,就着月亮光念经书。她们手指着书,一个字一个字念,她们唱着念哭着念,声音像水声一样,哗啦啦,哗啦啦,苦啊啊,苦啊啊。

我听她们念经,聊天。我听见很多故事。穿黑衣服的胖婶子以前天天被她老公打,现在他残废了,啥也干不了了,还伸着拐杖打她。穿绿毛衣的胖婶子儿子还在医院躺着,他在工厂干活时手被卷到机器里面了。穿着看不出啥颜色衣服的胖婶子只有一个女儿,远嫁到贵州,她不知道老了能靠谁。

胖花婶儿摸着她们的手,轻声说,你能靠谁呢,既然谁都靠不住，为啥不念念经、听听经呢？

说这话的时候，她抬头看着远处的孝先哥哥。

天黑透了。缺了上半截儿的红月亮挂在黑天里，又暖和又可怜。星星云彩都不见了。月亮掉在水里，一动不动。有啥东西托着我，轻飘飘，要往月亮上飞，真是美啊。我眼睁不开了。

孝先哥哥又在跟立阁爷读《易经》。益卦，益：利有攸往。利涉大川。有利于出行，有利于过大江大海。初九，利用为大作，元吉，无咎。大兴土木，无凶无灾。是为天意。

红月亮的光照在他脸上和书上，他眼睛像星星。羊卧在孝先哥哥周围，肚子一鼓一鼓，打着小呼噜。

月亮光突然被闪了几下。几辆小轿车开过来了，车灯一直照到月亮上。

一个人走到孝先哥哥面前，弯腰低声说：县长来了。

孝先哥哥继续看书。

县长来了。那个人声音抬高了一点点。

孝先哥哥抬眼看了那人一下，那人变小了，往后退了好几步。

县长摆摆手，让那个人退到后面，自己趋步往孝先这边过来，顿一下，弯腰说，孝先先生，我是李洪德，在咱们县上工作。他顿了一下，接着说，这次来不是县里的事情，是我自己有些事想和先生您聊聊。

先生。这个称呼真奇怪。

虚伪。立阁爷爷"呸"了一口。

长老爷爷一听见"县长"二字,身子抖了一下,赶紧往后缩了缩,头藏到胡子里。

县长待了一晚上。

他说他现在正处于上升的关键时期,可眼下几重关系他理不好,他想求下孝先先生指点,他该怎么办。

孝先哥哥说,你要以退为进,各个击破。你不要再去找关系,应该在老百姓的舆论上下功夫,做几件立马有成效的事情,让老百姓赞颂您。你再生办法把你对面办公室的那张桌子挪走,你一打开门,它就正对着你,压住你运了。你要擅用媒体,让媒体为你服务,而不是让它们牵着鼻子走。水可覆舟,亦可载舟,事物都有两面性。

他们说了很多很多。我瞌睡了。

露水打下来,花啊草啊睡了,月亮也沉沉往西坠,我睁开眼,孝先哥哥还在看书,那县长也还恭恭敬敬坐着。

县长要带孝先哥哥走。他说他可以把他安排到县城里面最好的房间,如果不想住城里,城边的果林创业园里面有几幢小别墅,专给领导人住的,都是超豪华装修,他可以随便住。

孝先哥哥说他可以住到城里,但他不去那儿,他不想去地稠人多的地方。他说他还有三个家人,他要照顾他们。

县长想了想,说,不住别墅也行,倒另有一个现成地儿。县城东边有个湍菊书院,书院里面有个香隆庙,康熙年间的。现在,湍菊书院里面建了个会所,设施齐全,房子有,院子也有,清静自在可以,百姓求拜也成。多少人住都行。

立阁爷爷一听湍菊书院就兴奋起来,连连点头,说那地方我去过,我在那儿演讲过,那时军校正在招募青年才俊。

孝先哥哥说,我要让立阁爷他们自在,他们是我的魂和灵,我不能离开他们,不能让他们难受。

县长说,好啊,孝先先生,全听你的。我让人给你们做几件长袍、中式衣服,我再让人给送一些家具饰品过去,保证干干净净,不花不闹。

孝先哥哥没说话,斜身靠到羊背上。羊一呼一吸,他身子也跟着上下起伏。

大早起,忠良叔就来了。

立阁爷爷第一个钻进小轿车里,他没回头看河坡一眼,好像那不是他住了一甲子的地方。

我第一次坐小轿车,可算知道了啥叫腾云驾雾,就是脚悬空,心一荡一荡,没着没落,直想往外掉。我把它按回去,它又出来,按回去又出来。缠在我腿上的蒺藜、蚂蚁、小甲虫、花姑娘,也一个个东倒西歪的,又吐又叫。

终于进了孝先哥哥说的"城"了。水泥路,水泥房子,水泥灯,到处都是水泥。水泥在城里可占了先,植物被挤得没地方去。很高很高的水泥楼前几棵可怜巴巴的樟树,四周围着些冬青,冬青叶子上落一层层灰的、白的东西。立阁爷说那是灰。我不信。河坡的灰是土黄色的,干干净净,刮起来也会黄沙漫天,可不会像这样,又黏又臭。车一辆接一辆,飞一样过去,谁也不管。到处都是灯,大白天灯也亮着,路上红灯绿灯,每个楼上都有彩灯,连日头都被遮住了。人们低着头骑车，皱眉眘眼,谁也不看谁,像夏天河涨水一样,浪挨浪,浪叠浪,挤挤挨挨,谁也不让谁。

车进到一个朱红大门楼里,又往里走,一路上都是些矮松树、歪柳树,还有很多不知道名字的平顶花冠小叶树,树干扭得厉害。草地倒是平展展的,可只有一种草,一种绿。

孝先哥哥,这树是生啥病了吧,咋歪成这样?你看这草地,哪有只长一种草的地?那麦地、苞谷地、烟地,就是一遍遍锄地一遍遍薅草,地里还是有各式各样的草,这咋能恁干净?

灵子,这不是你河坡,这是景观,为景观专门种的草皮。孝先哥哥说。

明明人家长得好好的,非要扭成那样,又不好看。

城里都这样。孝先哥哥说。

车停到一个大庙前。红瓦飞檐,绿琉璃,外面一溜朱红大柱子竖着,气派得很,中间大匾上写着"香隆庙"。

立阁爷爷指着匾,说,灵子,你知道这是谁题的字?乾隆爷。他不只下了江南,还来过中原。相传这个匾是他巡泰山时给一个寺写的,后面,这个寺的住持回来咱老家,就把这个匾带回来,专门又建了一座庙。

孝先哥哥轻声说,立阁爷,这肯定不是真匾,要是真匾,早就被人偷走了。

立阁爷爷轰隆隆笑起来,说,必然是假的,我一看就知道,我给灵子讲的是真匾的来历。

孝先哥哥很奇怪,自打车进城,他说话的声音就轻了很多，反应也慢了，总是在别人说完话好一会儿才回答，特别是在发表看法时，轻得简直有些听不见，和河坡上快是两个人了。

一群人站在院子里，弯腰垂手，县长双手挺着腰，叠在肚子上，站在最前面。旁边的人一个箭步过来，拉开车门。县长看孝先哥哥从车里出来，看到了他，忙一步跨出，伸出双手，说，哎呀，先生来了。

孝先哥哥手里捏一把狗尾草须子，摆了摆，县长就把手缩回去了。

孝先哥哥的脸像夜晚上的河，黑得发亮，神秘莫测。他给我讲过一个女孩子的故事。那个女孩子是个外国人，叫安娜什么，名字太长了，我记不住。他说安娜的美是一种神秘莫测的美，离你很近，你看得清清楚楚，却又觉得她和你远得没边儿。她根本看不见你，你摸不透她在想啥，你恨不得能钻到她心里，跳到她眼睛里，让她看见你。我问他，那你的娟子是啥样美。孝先哥哥想了半晌，说，娟子像太阳刚出来时的草，清清秀秀，她眼睛像那草上的露珠，透明闪亮，你看见她就喜欢，你看见她你就放松，就觉得人间美好，活着还不错。

庙正中间是个大佛像，大佛像身上披着缎子，金光闪闪，我仰得脖子发疼，才看到最上面的眼睛。咦他在看我。我往左边走，他跟到左边，我往右边走，他又跟到右边。我赶紧双手合十，跪下来，朝大佛像磕了几个响头。大佛像左右两边立着很多塑像，钟馗、金刚、财神爷、土地爷。每个神前面都放着功德箱，透过玻璃，能看到箱子里面满满的钱。人们排着队往前,烧香,双手合十,跪下磕头,绕着庙转圈。

穿过大庙,往里面走,七拐八拐,进到一个青瓦院子。

一个青砖铺地的院子。四角四个花坛,每个花坛里的植物都不一样,四方有四个石兽,形状怪怪的,我一个也不认得。

立阁爷眼睛发亮,边看边说,梅、兰、竹、菊,东之青龙、西之白虎、南之朱雀、北之玄武,很讲究啊。

县长说,厅里有字画文物,立阁爷可看看,鉴别下真伪。

厅子里灯光通明。立阁爷一个个看过去,说,假的,假的。又弯腰看摆在台子上的黄椅子,说,这梨花黄,假的。他转了一圈儿,指着玻璃罩里面的砖、石头蛋、碗和一些奇奇怪怪的玩意儿,对县长说,假的,假的,都是假的,咋现在就没有一个真东西?

从大厅右边出去,过一个走廊,又是一个小院。

这就是了。县长说。

院子里静极了。小虫子伏在草根下草叶上,不敢大口吸气。

县长把我们让到右边的三间房里。正屋简单得很,一张深红矮桌子,四周几个蒲团,孝先哥哥平时看的书已经摆在桌子上了。

孝先哥哥挺直身体,弯腰给大家躹了一躬,说,请多多关照,又说,韩长老、立阁爷、灵子,也请你们多多关照。

然后,孝先哥哥盘腿坐在蒲团上,一动不动。

人们愣愣地看着我们。

县长微笑着,说,好啊,各位好啊。忠良,先生这里就交给你了，不要让太多人打扰他。吃的喝的用的，缺什么，直接找我的秘书。

好的好的，县长请放心。忠良叔弯腰回答。

孝先哥哥在县城的第一场讲话，不，传道，成功极了。客厅都要被挤炸了。

他讲了血月亮。他不从长老爷爷的血月亮讲起。他说血月亮就是个非常简单的物理现象，是一百五十年遇见一次的月全食，就是月亮被地球的本影完全挡住了，红光波比较长，受地球大气散射的影响比较小，所以就出现了一个红月亮。这都二十一世纪了，按说早就知道是咋回事，可大家为啥心里还害怕。很简单，是因为自己心里有鬼。月亮天上挂，血被看见了，人人心里恐惧，害怕丑事暴露，害怕上天惩罚。依心理学来讲，恐惧最具传染性，一个人，两个人，大家都如此，整个社会就会被恐惧气氛所包围，到那时，即使你心里明白这只是物理现象，你还会认为这是天降灾祸。那它就真的成为灾祸了，因为人心不安就必定会出事。他说其实他不会算命，他只是能看懂人们内心所想。所谓命相，就是日有所思，夜有所梦，你面上带的，就是你心里想的和你所经历的，也叫社会表情。人是自然界的一分子，所以人的情绪变动和花开花落，四季变换也是相一致的，你只须懂得自然规律和命理构成，便也通命运了。《周易》讲，"裁成天地之道，辅相天地之宜"，就是这个道理。

孝先哥哥先说自己不会算命，我心里炸了几炸，他是在干啥啊？要是这样，他凭啥让恁些人供着他，让一县之长敬着他。可他又把话慢慢圆回来了。他越这样，人们就越信他，就越想听他的话。

一传十，十传百，人们都想来拜，想求签问命，想和孝先哥哥说几句话，沾沾仙气。我听见忠良叔在背后议论说，不让谁来都得罪不起，县里的头头脑脑要来，连地区里一些啥处级局级的人也要来，你能不让人家来？

孝先哥哥穿一身青色长袍，瘦得像个纸片。他总是垂着眼看书，静得不得了，可抬起眼睛看人的时候，人就好像要被他看穿。他的眼睛太黑了，光闪闪，让人害怕。他说话时声音不高，吐字却清楚得很，一字一词送到人耳朵里，钻到人心里。

他总是正给别人讲的时候，突然回过头来四处找我，生怕我没了一样。

灵子，我说的对吧？人生有时，也有无时，不必过于悲伤。

是啊，你看我的小苍耳。我抬起腿让他看一直粘在我腿上的小苍耳。它离开土，离开河坡，就活不了了。我的小苍耳快死了，它越来越小，身上水分快没了，只剩下硬硬的刺，使劲扎进我腿里。

人也一样。所谓故土难离，并非只有感情，而是你习惯了你生长的气候、环境和人。但是，人又必须离开。因为只有离开，才能创造世界。就像上帝创世一样，你才有自己的世界。最好的状态是离而不弃。

立阁爷，对吧？他又回过头找立阁爷。立阁爷赞同地微微点头。他不出声，他的眼睛在告诉孝先哥哥千万不要分神。

现在村庄荒芜，野草占领大地，正是因为你们心中没根，这钢筋水泥就是一个大棺材，你们自掘坟墓，掩耳盗铃，你们把城外的大树挡住，你们能挡住狮子吗？你们把土地抹平，你们能不让地下的草籽发芽吗？安土敦乎仁，故能爱。你不厚爱你身边的土地身边的生活，又怎能去爱自己爱天地万物？

人们脖子伸得长长的，像等待被喂食的鸭子。

县长最后总结发言。只要他在，每次他都要总结。

孝先生说得对。孝先生长期研读中国传统文化经典，他自己又是我国科技发展的顶尖人才，当年以全县状元的成绩考上最高学府，真可谓少年英雄。他是文理兼通，把中国传统文化和科学技术结合在一起，以独特之眼光读出了我们时代的新价值和新时尚。他的一番话如醍醐灌顶，让人深思。我们只顾工业发展，远离人文自然，最后，完全被资本主义给吞噬了。所以，国家才提出要建造美丽乡村，要留得住乡愁，以提醒我们不断地气，不忘根本。我已经正式聘韩孝先生为"重建传统文化价值观"的文化顾问。希望大家不要打扰先生的日常生活，让先生潜心修行。

人们听说都迷了，他们看着孝先哥哥，好像看到了天神，连头发丝里都冒着崇拜。

我一点儿都不喜欢。我想回到我河坡上，我的小苍耳要死了，我得回去，我得把它放到土里。这里看不见土，那冬青树下面的土有毒，我闻一下就能闻出来。长老爷爷说那是除草剂的味道。有了它，庄稼地里只剩庄稼，可以寸草不生。

花婶儿来了。他们拦住她。花婶儿说我不麻烦他，我就给他做做饭，他喜欢我熬的小米粥，他们说这里请了专门的厨师做饭，比你做的不知道要好多少倍，花婶儿说，那我就在外面打扫打扫卫生，擦擦灰，他们说，想擦灰的人太多了，轮不到你。孝先哥哥听着他们说话，一声不吭。花婶儿隔几天就来，在院子外面站站，在走廊里坐坐，又自己走了。

我不喜欢孝先哥哥这样子，我不喜欢人们看着他的样子。

孝先哥哥变了。

变

孝先非要我也出来讲讲。

孝先说，姜还是老的辣，立阁爷讲得比我好，我还需要学习。

其实，他早都超过我了，他过目不忘，能把《道德经》《论语》从头背到尾，能把我的话和立挺的话完美结合在一起。他的眼睛看着你，把你魂灵都看穿了，他就好像住在你心里，和你讨论交流，人们看孝先，就像追捧当年的京剧角儿一样，那角儿在台后只一声"啊"，就引得前台雷鸣样的掌声。

没有人不想得到评价，哪怕你面对的是一群庸人。你还是想得到一个好，你还是想让大家臣服于你，尽管你厌倦他们的臣服。他们越臣服，你越庸俗，他们越欢呼你，越说明他们不理解你。

我不要他们崇拜，我要他们害怕。让他们因害怕而更信我，信孝先。

鄙人韩立阁。感谢大家今天来这里。

人群里一阵骚乱。

啊呀声音真不一样了，不是孝先了，你听，连腔调都变了。

是另一个人，咱们看不见，只有韩孝先能看见。

你看，手势都不一样了，那韩立阁是真附他身上了。

我想在座的每个人肯定都先在香隆庙拜过神。香隆庙里供的是啥，金刚、菩萨、财神爷，如来佛祖、济公、斗战胜佛、孔子、耶稣、活佛，我们都拜了几千年了，到底改变啥了？一百年前，我从日本回国，发现不只要面对军阀混战和财团垄断，还要面对愚顽国民，当时，大家都抱着革新的决心，意气风发，死而后已。一甲子后，我再次来到人世间，却发现，人们更加愚顽更加功利了。有谁在想着国家要如何发展，有谁在真正思考如何获得平等自由？每个人都只想个人的蝇头小利，患得患失。到处都在说"恢复传统文化"，什么是"传统文化"你们真知道吗？我们那时候，每个人就生活在传统文化里，它就像血液一样，流淌在我们的言行举止中。故，大家提倡反对"传统文化"，不是反对一个概念，而是反对我们自己。我们的"革命"是从自身做起的，把肉扒开，重新清理，让筋骨错位，形成新的构架，我们是想从"旧"里面长出"新"来，那是因为我们懂得那"旧"到底是什么。今天，又有多少人身上流着这份骨和血？

什么是传统文化？它的核心不是只有算命，以让你求得现世安稳。五行八卦也不只是算命,它里面还有文学、数学、理学,它是一套科学。我们只取其功利部分,而不知其博大。《易经》八卦分别象征天、地、水、火、风、雷、山、泽,借此类推万事万物,是观天地变化而推究于人事。六十四卦的顺序也不是随意排列,而是象征了事物的发展过程,首两卦,乾坤,天地,阴阳,化生万物,它是哲学和宗教的来源。什么是传统文化?只有经历了变革、战争、失败,甚至,只有失去生命,你才明白,你血液里的东西就是你的根本,你把这些真正消化了,才知道什么是好的,什么是适合自己的。

我转头回向孝先,恭敬无比,问,孝先上师,你说是吗?

孝先微微点头,说,立阁先生学贯中西,又是爱国志士,他饱经沧桑,在历史长河里浮浮沉沉,对很多事情都有独特之思考,他对传统文化的思考,正是我们今天这个社会所需要的。人要先懂得,懂得之后,才能或信仰,或反对,如果本来只是想一个名头,那就不会有发心之得。

人群里一阵阵骚乱,有人喊道,立阁先生,那地下到底是啥样子,你给我们讲讲。

对啊对啊,孝先上师是咋看见你的,我们咋才能看见你?听说他被埋到坟里几天,出来就看见你们了。

立阁先生,我这算不算通灵?我经常感觉另一个人在看我,可我转过去,那人又不见了。

我把身体挺直,面容庄重,环视大家一圈,说,孝先上师是天地、阴阳、古今之使者,我们是被选来服侍他的,不是他看到我们,是我们在等他来。

那你让我们看见你,看见你我们才信你的话。

你看不见我不是我的问题,是你的问题。你没有被拣选出来,你不是不够聪慧,而是没有"冰心",一片冰心在玉壶的"冰心"。

我看了看立挺哥,他的脸稍微放松了一点。我用了他的词,他肯定心里高兴。

人们神色顿肃,虔敬地看着孝先。

孝先,你还要往前走,你越往前走,他们越觉得你和他们不一样,就越是要跟随你。你看,我叫你"上师",他们就跟着叫了,他们就越发佩服你了。这世上颜色虽然多姿多彩,你可选择的只有一个,不要害怕选择。要愿赌服输。你看那县长多聪明,你说的话他都融到他的系统里了。你说要不离弃村庄,他马上说这正符合政策,你说要人要合自然,他说是啊所以我们要讲新道德新伦理。万变不离其宗,只要能够抓住他们的核心,你就能战胜他们,他们就越臣服于你。

有人送一个翡翠如来佛,有人送一对红木椅子,有人送来电脑,然后,各种饰品物件就都来了。一些女人自称居士,每天前来服侍。据说为得到这居士名额也快要打破头,能来的不是权贵之妻,就是富豪之妇。她们排好班分好工,有的打理日常生活,有的管理财务,有的负责接待各地前来的人。她们敬心事佛,等着孝先闲时给她们算上一命,好助自己的夫婿一臂之力。

孝先上师怡然自得。他帮人看坟起名,盖房娶亲,也不时拿耶稣的"左脸被打右脸也伸过去"的话让人去慈爱他人。人们听他的话，像喝酒一样，喝的时候舒服极了，醉醺醺的，酒一醒就忘了，该干嘛干嘛，过了几天，又想喝，于是，就又来了。

秋天已至。院子里的竹兰梅菊深绿金黄，煞是好看。只有灵子还在嘀嘀咕咕，没事儿就去研究歪扭作态的景观树和只有一种草的草坪。她把立挺衣袍里粘的苍耳蒺藜一个个摘下来，埋到草地上，说是要让它们生根发芽，到来年就是一个百草园了。我说灵子，就是成百草园了，那也只是在草坪上的百草园，你看那水泥路面，光滑油亮，咋能长成百草园呢？

所以嘛，我要回河坡。灵子摇着头叫。

屋子里炭火烧得很旺。我的头疼病没了，精心捏制的泥丸也不需要了，骷髅头躺在冒着热气的木地板上，懒懒散散，像没了骨头似的。

新玩意儿太多了。传单不需要油刻了，电脑一输，打印机一开，想要多少份都可以，人人手里一部手机，每个人都在打电话发视频，要是我那时刻有这些，我娘和梅花就不会死。至少，我可以见她们最后一面。

县长引一个人，深夜前来。

孝先正在看《冰鉴》，那是我们那时候的流行书，凡是对易学、命理感兴趣的人，这是必读书。

那人头发花白，一丝不苟，衣着朴素，质地却很不一般。他双手交叉，搁在腹前，坐在孝先对面。县长肃立在那人后面。

他盯着孝先。

你怎么懂得这些，年纪轻轻的？

他操一口官话，声音不大，但足够威严。这是个大官。至少，比县长的官要大几级。

孝先半垂眼睛，仍然看着书。

我一直懂得。

这些书，这些知识，没有几年专门学习，是不可能会的。你怎么可能这么快就通晓？

我生下来就懂得。再说，我有立阁爷和长老爷。

孝先抬眼看了一下对面的人，眼仁儿的光聚到一起，像探照灯一样，突然罩住那个人的脸。这是他常用的把戏，任谁也逃不了。

那人眨了一下眼，身体稍微往后倾了倾。身后的县长轻轻按了下那人的肩膀。

你胃部重度溃疡。

你看出来了？

这不需要看，闻都能闻出来。

那人又往后倾了倾，嘴巴稍微闭了一下。

你虽为部级干部，但仍未被重用。

你怎么知道？

领导人不喜欢你。

那人的脸开始阴沉。

你的病影响你前程。

那人的屁股动了动。

我这不是癌症,只是胃溃疡。

你一张嘴说话,领导就往后撤身子,他不喜欢看你,不喜欢和你说话,你再忠诚他也不想接见你,你知道为啥?

那人脸上由红变白,又由白变红,手从交叉变为紧攥。

千里之堤,毁于蚁穴。你可能想不到,想到了也不愿意相信,你不相信你会败在这个上面。但这只是转运的第一步。对了,你们家祖坟是不是被破坏过,还迁过?

那人回转头,和县长对视一下。

你人中稍微有点斜,看起来还像是断了,你命相里带着波折。典型的一字眉,少年聪慧,美名远扬,仕途顺利,可眉峰偏前处有断纹,且很深,说明青年初期家有大变。

那人的身体从倚靠变为端坐。他看着孝先,眼神迫切,似有所思。

孝先先生,明天到我老家一趟吧。

路宽得看不到边,小轿车滑行在上面,像无声前行的甲壳虫。我看路上"西峡""镇平""丹凤""蓝田",这是要进陕西啊。我曾带几个日本同学到西安玩,日本人迷恋寺庙、老城墙、华清池,又沿西安往南一路过来到穰县,和今天的路程刚好相反。当时正是县政自治、村政自治最高潮时期,沿途凡地方自治的县都规整有序、生活繁荣。镇平县由军人出身的彭锡田主持。据说彭氏因回乡为母奔丧,结果因匪患在县城滞留十几天,回家后,母已下葬。由此,彭氏对地方匪祸和民风之愚弱深恶痛绝,下决心,要把镇平改造为一个"夜不闭户,路不拾遗,村村无讼,家家有余"的地方。此人言必称

"兄弟"，有江湖绿林之气，讲的却是开化民智，教育法治。我们在镇平逗留了几天，参观了彭氏创办的"宛西乡村师范学校"，学校所设学科相当广泛，算学、水利、工程、哲学、三民主义，教师有很多是从燕京大学、北平师范、开封师院聘请而来。沿途乡镇均被改名，以"民权、民智、民信、民新"之类的词命名，村庄则为"民治、民有、民享、自由、平等"，颇为新颖。

那彭锡田策马各地，灰尘在后面腾起，他枪毙贪官污吏，鞭打不肯交出财产的达官贵人，他坐在会场，看着民众热烈讨论选举镇长村长，他站到讲台上，挥着手势慷慨陈词。我想象那就是我，我迷上他的那些形象。那是我的起点，藏着我后来命运的走向。也就是那次，我下定决心要做官，就做一方的芝麻官，我要有全权，我要自己制定规则，建造新生活。

云层很低，铁锈色，像厚厚的灰，积在天上，一动不动。县城、小镇、村庄都被灰尘压着，没有呼吸，没有动静。路上走的人看不见头脸，只是虚浮的影子在无声移动。村庄和县城是灰黄色，山是灰黄色，土是灰黄色，连树都是灰黄色，低矮稀疏，黄瘦枯干。

小轿车沿一道道坡上盘，下行，再上再下，转了不知几个"几"字，到得一个陡坡处，出大路，往一条窄细水泥路过去。又进几条更窄岔道，路突然断掉，一座灰白色小山包横在前面。

县长下车，打开车门，请孝先下去。

细看方知，那小山包是一座大坟，水泥包裹的大坟。坟前有无字石碑。那人站在石碑前，双手垂下，头微低，一动不动。

站在坟前往坡下看，山谷里一大片郁郁葱葱的绿洲，里面白墙黑瓦若隐若现，两道河，一左一右，把那片绿洲完全包住。这坟包就在两水交汇之地的正上方。真好地方啊。

孝先坐在坟前水泥地上，低头静默，过一会儿，站起来，拍打拍打屁股，说，太凉。就回到车上。

县长和那人低语几句，又过来和孝先商量。

孝先，领导想让你看看风水，你就下去看一眼，你看行不？

孝先说，太凉。

县长看一会儿孝先，又回头看一动不动的那人，对孝先说，孝先先生，您就看在我的面子上，下去说两句，我也算交差。

孝先说，太凉，太憋气了。他眼睛闭着，声调没有任何变化。

县长看关闭了一切视听的孝先，就又过去和站在石碑边的那人低语。

那人神色凝重，似恍然大悟，贴着县长耳朵密语几句，从坟边走回到车边。

那人坐进车，握住孝先的手，说，谢谢，谢谢先生，我明白了。多年来，我时常有憋气之感，夜半惊醒，但不知为啥。现在，我明白了。先父母、姐姐生时蒙受不白之冤，突遭横死，我又给他们戴紧箍咒，万难翻身，又如何能安息？

不白之冤？我听到嘈杂的声音，从坟墓里面传出来。他们在说话，一直在说话，但是，没有人听到。他们被困在这水泥方阵中，动弹不得，雨水、风、日头进不去，连最有穿透力的野草都无法突破进去。他们和我一样，和立挺、灵子一样，是孤魂野鬼。

突然间，我有些泄气。

这世间，有多少我这样的人，空有壮志，却遭无常命运袭击？我不想问那人他先人有何遭遇，无非换了说法，换了年代，命运却是一样。

我有些累了。我想回到河坡上，回到我的巢穴，躺在那里，一动不动。我不想再说话，不再关心河坡对面的狮子，我想躺下来，不再醒过来，让黑暗统治我。

我感觉身子软了下去，什么也不知道了。

孝先看着我，惊喜万分。他的脸好像胖了些，比以前更白、更光了。

灵子缩在角落，无精打采，身边落了一地小苍耳。立挺哥躺在那个长沙发上，半闭着眼睛，胡须快遮住整张脸了。

我找不到你了，立阁爷，你到哪儿去了？孝先问我。

我睡了多长时间？

多长时间？一个多月呢。立阁爷爷，你不能这样说走就走，我咋喊你都找不到你。灵子跑过来，拉着我的手，眼泪在她眼圈儿里打转转。

小灵子，想你立阁爷爷啦？那以后就不要再呛我了，得听我的话。

灵子噘着嘴,又是哭又是笑。

立挺哥眼睛睁了几下,看看我,又闭上了。

你到哪儿去了?一下子就找不到你了?孝先问道。

到哪儿去了?到地狱转了一圈儿,人们都缠着我拽着我不让我走,想让我说说上面的情况。有人问我他儿子咋样,有人问他老妈还活着没,有人问他仇人死没有,还有人问到底啥办法上去的,他们也想上去看看,说要是能上来看一眼,就是再下一层地狱也心甘情愿,我听着烦得不得了,就又回来了。

孝先捂住嘴,扑哧笑起来,说,他们还想上来?那儿的月亮多大,太阳多大,花多大多艳啊,看这儿,黑的、暗的、灰的,连光都没有。

他在说河坡。我知道他说的是河坡,鲜花盛开、赤焰流溢的河坡。

那你咋不给他们说,谁让他们住得恁好钱烧得恁旺呢?咱们没人爱没人管才等来孝先哥哥呢。

灵子你这又不念叨没人去看你了?

立阁爷爷,你知道咱们住在哪儿?灵子问我。

不还是香隆庙吗?我看了看四周。

改名了,福佑寺。

福佑寺?为啥?

孝先带着我,走出小院,穿过走廊,到前院的大庙去。

大庙里面,灯火辉煌,炉烟袅袅。香气浓郁刺鼻。人挨人,人挤人。有人一动不动跪伏在地,有人长身长脚五体投地，有人双手合十喃喃自语。在罗汉、金刚、财神中间，新增一些等身的大镜框，框里一个个巨型相片，有穿军装的、中山装的、元帅服的。其中一个，特别像带孝先去看坟的那人。

那个，是那人吗？我悄声问孝先。

是，清官。家喻户晓。都是老百姓敬仰的清官。拜拜他们，日子就会好的。

谁让加这些的？

人民群众让加的。

县长同意了？

县长？县长表面说这怕不恰当，行动却快得要命。你想，开国将军，最高领导人，位列神仙，也没错啊。说不定，还会博得一些赞赏。那人推辞几次，拗不过民意汹涌，也就顺水推舟了。

孝先笑容很是古怪。

人们看见孝先出来，从地上爬起来，恭肃在旁，给孝先让出一条道。孝先带我来到一个镜框面前。

里面有个孝先，笑眯眯地看着面前的孝先和我。他笑得像弥勒佛，笑容似洞晓天下万事，就差有个大肚子了。孝先的左右，并排各挂一个镜框，左边里面是我，虽长袍马褂，礼帽文明棍，可那爬虫式的脖子，实在是丑陋之极，我手里的那个骷髅头，更是龇牙咧嘴，恐怖可怕，右边是立挺，倒是仙风道骨，像修炼成仙的崂山道士，一点儿也不像个基督徒。

孝先捂嘴忍笑，低声说，立阁爷，实在对不住了，我让他们改了好几次，越改越难看。

人群慢慢围过来。

他们站在孝先面前,仰头屏息。

孝先收住脸上的笑,转过身,看着大家,张开嘴,发出了声音:

> 主呵,是时候了。夏天盛极一时。
> 把你的阴影置于日晷上,
> 让风吹过牧场。
> 让枝头最后的果实饱满;
> 再给两天南方的好天气,
> 催它们成熟,
> 把最后的甘甜压进浓酒。
> 谁此时没有房子,就不必建造。
> 谁此时孤独,就永远孤独。
> 就醒来,读书,写长长的信,
> 在林荫路上不停地
> 徘徊,落叶纷飞。

眼泪滴到我手上。热,烫极了,我心里像起了一团火,我想哭。我哭出来了。我以为我已经锈住了,躺那么多年,恨那么多年,浑身上下,都锈住了,哪里还有泪腺。可孝先的第一句话,就让我想哭了。是时候了。是时候醒来,是时候睡去,是时候匍匐在地上,接受命运的不公。我不信主,可我渴望有那么一个人,在一直看着我,看着这芸芸众生,喜怒哀乐。

谁能不爱此时的孝先？他站在观音、菩萨、清官、元帅之间，一点都不逊色。

人群又让出一条路。孝先挺着腰，目不斜视地往前走。

回到院子里，孝先扭头看我，扑哧扑哧笑起来。他越笑越疯，捶胸弯腰，跌坐到蒲团上。

我看见孝先爹韩忠义站在门边，脸上露出骇然的表情。

院子外面，也站着一群人。领头的黑红脸男人手插到裤兜里，睁大眼睛，盯着孝先。他眼睛里透着凶狠，掩藏着虚弱。我见识过这眼神，它们能杀人。

韩忠义浑身焕然一新，头发油光水亮，一身皱巴巴的黑西服，还打一条红领带。他回头看站在院门口的人，扭过头，压低声音，对还在狂笑的孝先说，儿啊，别笑了，可不敢这样子笑，别露馅儿了啊。

他坐到孝先旁边的蒲团上，伸手去拍孝先的后背。

孝先扬起胳膊，把韩忠义的手挡了过去，说，爹你起来，这是立阁爷的位置。

韩忠义赶紧站起来，离孝先远一点，喊道，儿啊，儿啊，你咋还在迷啊？

旁边一个居士说，大爷，你不懂，孝先上师是精神异常活跃症反应下的通灵者。在历史上有例子，不过，几百年才可能出一个。

韩忠义回过神来，他好像才看到房间里正忙的几个人。他们神色清淡，面含微笑，庄重虔诚，只要经过孝先身边，就会双手合十，微微弯腰，轻拜下去。

过了好一会儿,韩忠义也双手合十,学着那些人,弯腰下拜,问孝先,上师,请你回答我,韩长老也还在吗?

我在啊。立挺的声音从远处传来,像是嗓子被啥东西压住,有点沉重。

韩长老,我是忠义。孝先小时候是受过洗的,你得把他拉回来,别让鬼啊怪啊缠住他。

是忠义啊?我知道。慢慢就好了。

韩忠义说,韩长老,可那得多长时间啊?孝先说的话,我一点都听不懂了,我怕他脑子被烧坏啊。

不会的,他只是比别人走远了几步。

韩忠义长叹一口气,说,就怕他是已经回不来了啊。

院子外面的人不停地向韩忠义做手势。韩忠义转头对孝先说,孝先啊,咱村里人想让你回去一趟,说是要你给大家开开光,你给这个差事应了,糊弄一下,我好给村里人有交代。

那几个男人,垂着手,像是很谦虚,眼睛里却是势在必得的样子。果然没变。还是一样的眼睛。像老鹰看见猎物,像守候多日终于等到机会的恶狗,他们要把孝先抢回去,他们觉得有利可图,就一定要得到。他们押着韩忠义,就像当年押着我娘和梅花,他们知道我肯定会回去,他们把网张好,等着我自己投进去。

孝先看着他们,一声不吭。韩忠义期待地看着他。

那群人钉在院子里,一动不动。

你们回去吧。我会回去。你们回去,把老人梳洗干净,把院里的水泥挖掉,换上土,种上花,把院外的蒿草野藤拔掉,也种上花,种些蔬菜,把村里坑塘的淤泥去掉,把水引进来,种上莲藕,我就回去。还有,我看到黑林子里也有咱村的老人,他们是也犯了罪,还是你们不想养了,胡乱放个地方让他们等死?

那几个男人面面相觑。领头的那个男人走到孝先面前,说,孝先,我是咱村支书,也是你叔,你先别说那没用的,你回村里给咱们看看,看咋能转运挣钱,也算是给村里做好事了。

孝先看着他,一字一句说,你把你爹虐待死,你又虐待你儿媳,她是不是刚跟人跑了,不和你儿子过了?

村支书往前走了几步,进到屋内,一只手还插在裤兜里,另一只手大幅度地挥舞着,嚷嚷道,你娃子是不是吃错药了,别以为县长、省长、部长信你,我就信你,你不就是在省城得了精神病才回来的吗?

把你的手拿出来。孝先盯着裤兜里的手,厉声说。

你还被关过黑林子,别以为我们不知道。

那男人像没听见一样,手在裤兜里来回动着。

把你的手拿出来!

孝先的声音突然拔高,整个身体朝那个男人俯冲过去。

正在忙的几位居士扑过去架住那个男人,把他往门外推。

我赶紧抱住孝先。他浑身绷得直直的,一丝弯也不能打。

冷静,孝先,他是咱村子里人。

害你的不就是咱村里人吗?下手最狠的也是咱村里人,打死你娘和梅花的不还是咱村人?把你手拿出来!

那村支书挣脱几位居士，跳到门外，扭头对另外几个村里人说，你们看，你们看，这娃是不是神经了？他都疯了。他又对那几个居士说，他都这样了，你们还信他？

那几个居士不紧不慢，微笑着说，你不信，我们信。你们这些凡夫俗子，啥也看不透，啥也不懂，还好意思说自己是上师家里人，你们枉为梁庄人。

我不管了，忠义，你看着办吧，你得给孝先说清楚，他回也得回，不回也得回，他必须给咱们村指条光明大道。

那男人恼羞成怒，转身往外走。

我会回去。孝先说，我会回去，等一切准备好我就回去。

准备好啥？有啥需要准备的？

必须准备好。大审判就要开始。神要惩罚世人，洪水将再次滔天，野兽会横行天下，天地重回混沌，没有挪亚方舟，没有出埃及，文明将被完全销毁。只有黑林子才是最后的避难所。

孝先站在客厅正中央，刚好就在天花板的莲花图形下面。他头上生光，像耶稣，像释迦牟尼，也谁都不像，他眼睛里的光清冷又严厉，超然于众生之上。

县长总是在夜间来。有时九十点钟，有时深更半夜。来之前，秘书打电话给做饭的居士，让他们熬小米粥，切细萝卜丝，用盐、蒜片和香油腌上，再用黑芝麻凉拌小葱豆腐。一到小院，先在厨房呼呼噜噜喝上几碗，出一头汗，然后，再漱口，擦脸，到客厅，和孝先一起喝茶。

他说现在最难的是控制人心，人们在网络上匿名狂欢，想骂谁骂谁，时间长了道德下降，都像流氓一样，真正是世风日下，长此以往，国将不国，家将不家。他说他从当前的政策纲领中琢磨出一套严密有效的管理规则。在这一规则下，所有人都不能擅自行动，凡走动，必要汇报。家人之间、朋友之间、领导和下属之间，形成不同级别不同层面之网络，最终，这一网络四通八达，领导者可以在任何时候知道任何人在做啥。除此之外，他还有一套严密的惩罚体系，这一体系不是只为惩罚，而是监管的一部分，是监管的深化和灵魂化。可他苦恼于大领导不知道，他觉得如果大领导能知道他的方案，肯定会全国推行。如今，他只能在小小的穰县试验。

我喜欢县长杀伐果断的样子。当年我学习彭锡田，要求到云南丽县当县长，山高皇帝远，我自己说了算，谁也别想干涉我。我就是想创造一个清平世界。我创造保甲制，取消寨局，全县分十六区，七十二联保，七百二十保。每十户为一甲，设甲长。十甲为一保，设保长。十保为一联保，设联保主任。八个联保为一区，设区长。甲长与百姓，甲长与保长，保长与联保主任，联保主任与区长实行"连坐"，即一人犯法全家连坐，一家犯法，保甲连坐。我和老百姓一起开垦农田挖山办矿，奖励能者和多劳者，惩治罪犯和懒汉，对伤风败俗、通奸卖淫、贩毒吸毒、杀人放火者决不姑息。我亲自枪毙了跟随我多年的副官和勤务兵，他们在那个瘴雾之乡私运鸦片，贩卖枪支，搅扰村民。一个八岁孩子屡偷农家西瓜，屡教不改，我下令枪毙，杀一儆百。到最后，丽县路不拾遗、夜不闭户，真的是政通人和。上面怀疑我实施"自治"是有更大阴谋,派人前来"慰问"。"慰问"的人无不惊叹佩服,赞赏我的治理是"宽严有度,德刑相宜"。

县长对我的"十十自治"政策很感兴趣,他身体前倾,眼睛闪亮,不时问些更为具体的问题,似在思忖一种可能性。他是个想有作为的人。好啊,好啊。高山流水,知音难觅。

你那是啥自治,不还是山大王那一套,只是换了个说法。立挺哥在一旁低声嘟囔。

唉我的老立挺哥啊……我看看他的表情,咽回了想要说的话。他不是想要反对我,他只是软弱,怕看见血,看见暴力,他连我的质问他都回答不了。

孝先听我谈到枪毙我的勤务兵,身体抖了几下,神色变得紧张,他的双手紧握在一起,脸色涨得通红。在听到说枪毙八岁孩子时,他闪电般伸出双手,扣住我脖子,嘴里嚷着,杀人犯,你这个杀人犯,他们要杀我,连立阁爷你都要来害我,他们给我灌辣椒水坐老虎凳拿皮带抽我拿水灌我在我眼皮上撑牙签,他们说新官上任三把火一定要破大案立大功,你杀一个八岁孩子那是犯罪,你个王八蛋的杀人犯!

我的脖子都快被他拧掉了。

县长抱住孝先,掰开孝先的手,说,孝先上师,没人害你,没人杀小孩子,那是你立阁爷时代的事情了。现在都新世纪了,杀人是要偿命的。

孝先身体放松些许。

他对"杀人""惩罚"这样的字眼敏感无比,每听到或说到类似的词，就有一股电流从他头顶闪到脚底。极轻，只有在他肉身之中，才能感受到。

县长正了正身体，说，立阁爷，我考虑再三，那黑林子不是说动就能动的。它盘根错节那么多年，我都不清楚它到底隶属于哪里。

我必须得说服他，趁他还信孝先，信我，趁他还野心勃勃。

我说，我估计，也就是上面为了省事，把不好管的人塞进来，人越积越多，关些啥人上面可能都忘了。你想想上一次上面人问起黑林子是啥时候？

反正我来县里四年，从来没人问过。都是把人拉进来，就再也不管了。监狱长在那工作了三十几年，哭着喊着要走，说自己快要疯了。你想啊，那个鬼不生蛋的地方，一呆几十年，搁谁谁不疯？

那地方是湍水的一个河湾，天然冲积带，土质肥沃，草木旺盛，南方的芭蕉椰子都长势喜人。冬天最冷时，依然暖和如春。我们把它规划出来，搞成一个桃花源。最关键的是，倡导在外面的本地人都回来，为故乡建设发光出力，你想，有政府的支持，人们都还是愿意回来的。

那倒不用发愁。名目多的是。只是把里面的人安置到哪儿？换到城里的监狱？说起来是改善条件，但一动就要重新审查，就得折腾，特别费事。

还不如让他们哪来哪去。我看有些人关了不止十年二十年，三四十年都有，政府还能想起他们吗？反正也活不了几年了。有些人举目无亲，无处可去，还可以就地劳动，成为农民，也挺好。你只要把监狱长安排好，给他在城里找个好职位，一切说好。

没那么简单。立阁爷。平时这些机构都没人管，还得拨钱管他们吃喝，可是，一旦你要动它，那管的人就都来了。我再好好琢磨琢磨。

我当然知道没那么简单。

凡事都不简单。但一定要去做。

我要让人们都去那里，把黑林子变成绿林子。我要在日头下喝茶聊天听水声。等狮子扑过来时，大家一起，同归于尽。我不会像立挺那样，一辈子把头缩进去当鸵鸟，罪没少受，还落得个众叛亲离的下场。可不是呢？他的神始终没来接他，他的身体越来越硬，胡须越来越长，他更像鬼怪，而不是神仙了。

立阁爷，我们真是相识恨晚啊，要是能亲眼见见您老人家，我就终生无悔了。县长突然说，说着还发出长长的叹息。

我心头一怔，我从来没想过别人还可以看见我们。要是我能和县长直接交流，不通过孝先，是不是事情就更好办了？

我刚闪过这个念头，便看到孝先的眼光，他看着我，眼神非常奇怪。

县长趋起身体，朝向孝先，眼睛期待地看着孝先。

孝先闭上眼睛，一语不发。

乌 鸦

头快要炸了。一百个微型炸弹就在我头里面,一个接一个引爆。

全世界都在表演。表演疯狂,表演冷静,表演聪明,表演愚蠢,表演倾听,表演信服。我不相信他们信我。我不相信他们不认为我疯。我疯了。我知道。我脑子里有一千个人说话。最活跃的就是立阁爷、韩长老和灵子,他们天天逼着我,让我做这,让我说那,他们都让我按照他们的意志来,他们都想实现自己的想法。他们比我还疯。立阁爷要改造社会,他留恋在他昔日的荣耀里,他暗杀他演讲他在战场厮杀他当县长他管理一个县,他懂经济懂《易经》懂五行八卦懂德先生赛先生,他无所不知无所不晓,他天天梦想着一个新世界的诞生。

新世界已经诞生了,城越来越大,水泥越铺越远,金属越来越亮,人越来越空虚。他们在网络世界里确定自己,他们不出门就可以吃,可以睡,可以拉,可以撒。有个人几十年没有出过家门,家里臭虫满地,垃圾成山,他活到七十几岁,就是不死。有个人一出门就死了。你待在细菌堆里不会死,你出门就死,你不干活不死,你一干活就死。世界颠倒了,日头颠倒了,月亮太阳都在空中,谁也不让谁。

灵子,你不要总想着回去。河坡不是你的了。月亮不是你的,大河不是你的,合欢树不是你的。没人拥抱你。就是他们拥抱了你，你也不要当真，他们不是真心的。那个每年来找你的同学小玉，她不是真的想找你，她把你踩在脚下，却四处找你，她根本感觉不到你。她不是想找你，她是想找到她自己。她提到你只是为了证明她自己的童年在过，她说到你是为了证明自己曾经活过那段时间，她一点也不喜欢你。她一离开这儿就把你忘得干干净净。

啊已经有人去挖那合欢树了，他们说要把它移到这院子里来。合欢合欢，没有合欢，只有背叛。所有的合欢都是背叛，所有的背叛都打着合欢的名义。亲戚或余悲，他人亦已歌。

孝先，你快拦住他们啊。那树不能挖走。不是喜欢那粉红，不是喜欢团圆，是那三棵树重要，有那三棵树，我就可以监控河水的走向，水量的多少，就可以丈量狮子和我们之间的距离了。它要是扑过来，我们就都完了，你的方舟就没了，我们就永远在黑暗中了。

立阁爷你还真信了方舟说？那不是你骗他们的吗？我知道你想革命，你想改造社会，你渴望回到你那个时代，一呼百应，死亦何惜。可我不相信他们，我谁都不相信。人人都只想自己，人人都觉得危险，人人狗苟蝇营。有些人沽名钓誉，有些人浑水摸鱼，有些人鼓动别人做烈士自己做缩头乌龟大难一来各自飞留下那些出头鸟被晾在沙滩上。我不要做烈士，黑林子变不成桃花源，烈士到最后都是别人的炮灰。

孝先，咱们得走。你没发现，县长这段时间来得少了，庙里人少了，那些大镜框也撤走了。桃花源建不成，至少咱们可以去复仇。咱们到省城去，找你的老板。咱们找他报仇。

立阁爷又在撺掇我复仇了。

我不喜欢他的"十十自治法",不喜欢他说杀人就杀人。可我喜欢血在血管里流的感觉。啪啪啪,筋在跳,太阳穴要炸开,一定要做点啥事,一定要做,不然,就没办法应付县长和那些蠢蛋。我要复仇。我要杀死老板。我要抢回娟子。

有多少种死亡的方法。

游轮里妻子消失,丈夫淡然下船。华裔才女用铊谋杀亲夫。保姆纵火,一本书放在沙发上,点燃。煤气。娟子经常忘了关煤气。每次她走后,我都要再检查一遍。我知道她所有的毛病。她睡觉爱踢被子,我一夜要给她盖四五次,她吃饭吧嗒嘴,人多时只要我看她一眼,她就会注意,她爱放屁,吃豆子放屁,喝饮料放屁,打嗝放屁,只要肚子里进点空气就放屁。每次我都能及时发出声音,遮掩她的放屁声。

资金链断了的老板吃安眠药自杀。反腐官员抑郁症跳楼自杀。苹果积压一屋的农民站在苹果堆里上吊。不得志的导演把自己吊在楼梯过道里。手枪轰头的歌手,皮带缠绕的歌手,吸毒过量的歌手。丝袜可以死人,毒药可以死人,刀片可以死人,塑料可以死人,浅河里的淤泥可以死人,头扎在泥里腿高高翘起,软弱可笑的大青蛙。想死的人都不得善终,却各有各的死法。

今夜我不关心他们,我只想你。娟子。没有谁比谁苦。活在这世界上都是苦逼。我不要难堪的死相。喝药嘴脸乌青,跳河肿胀腥臭,上吊屎尿横流,都不行。长江流域一个堤坝处拐弯处全是尸体,脊背翻着,虚白肿胖,胀得很高,捞尸人用长长的钩子钩那些尸体，一钩，肉就烂了，掉了，又钩。

还记得日本电影《失乐园》吗？娟子，我们就失去了乐园啊。电影里那两人相约高潮时喝毒药而死，至死保持交融状态。当看到两人把葡萄酒饮入口中，相互拥抱安静等待死亡时，你靠在我怀里，摸着我的脸，向往地说，多美，多纯净啊。我打了个冷颤，把你抱得更紧了。

还是不想死。我不想死。娟子，我只想靠在你怀里，我想让你摸着我的头发给我唱歌。你声音好听极了，像河里的月亮，像雨天水滴在石头上，啊对了，像灵子骂小苍耳野蒺藜时的腔调。

娟子的脸朝我俯过来，越来越近，我看到她鼻子上的黑头，那么大，大到模糊。我伸手去摸，前面却是空虚。她在我周边绕，却不让我摸她。她躺在我老板怀里，朝着我笑。娟子。我喊她。她转过身，抱住我老板的脖子。

娟子。我知道我病了，我不求你再和我好，可你得给我说话，我脑子憋坏了，太多话想要出来，我刹不住。我看着人们的脸，我在想你，我和立阁爷说话，我读《金刚经》，我在想你，我看着灵子，我想那就是你。我眼睛闭着时比我眼睛睁开时脑子里话更多。那些话缠着我，立阁爷、长老爷和灵子，不，主要是你，缠着我，我没法停住。娟子。

落叶纷纷，乌鸦在空中盘旋，送来黑色消息。远方的河水被高山阻挡，幽灵狂欢，召唤深陷黑暗王国的同伴。它们被一个渴望驱使着，扭曲自己的身体，缠绕，抛掷，摆动，想取悦它，没有任何重量支撑它们，没有任何东西愿意碰触它们，就这样，它们在虚空中滑落，不断滑落，直到再次遗失于宇宙深处。你看那个黑点。对，就是窗户上的那个，那不是苍蝇，是黑洞，无数能量的凝聚之地，吞噬一切的洞穴。

县长如幽灵，夜半闪现。他坐在我面前，端起茶杯，又轻轻放下，说，有人在背后告状，告领导搞偶像崇拜。

他看着我，忧心忡忡，又贪婪无比，说，把"香隆庙"改为"福佑寺"是一步错极的棋，犯了大忌。都是只顾自己的利益。有时候，我也不知道我这样做有无意义。我忍辱负重，把胃喝坏，把好话说尽，为穰县拉投资创就业机会，可最后，反落得一身怨。

立阁爷，你看到了吗？他身上有一圈黑光，它们正在吞噬他，他就要对我们做不得已之事了。他要害我们，他想害我们，立阁爷，咱们得逃，得跑，咱们回省城。我那儿还有朋友，有我的小伙伴。

小伙伴？他们都到哪儿去了？他们坐在温暖的灯光下，眼睛明亮，正开怀大笑，一个小伙伴站起来，手里拿着书，在身后的小黑板上画图，一个圈套一个圈，像一个个吊环，要把人吊进去。他看的是什么书，我想进去看看，可我头疼得厉害，有雾在挡着我，它们不让我看清里面，不让我进去。

县长说，或者你们先出去避避风头？你知道人们都爱嫉妒，见不得别人好。尤其是官场，你要是比他们顺一点，和哪些人交往多一些，那他们就一定会找事治你。孝先师你影响太大，他们看到了好，也想得这好，那不行。他们得到好就一定会把我拉下去。我还得保护上面那些人，我不能把火烧到他们身上。孝先师，你就让我也见见立阁爷、长老爷，我和他们聊聊，说不定能聊出一些方法来。

县长痛心疾首，欲扬先抑，指东打西，我看清他的阴谋了，他想闪过我找立阁爷、长老爷，他想知道更多，想打探更多，他想取代我。这个野心家。

他说，部长已经委托人联系好省城的国医馆了，你到那里可以坐坐馆看个病，也算继续"悬壶济世"。你还可以去见见你的那些老朋友，你找到他们，把他们的联系方式给我，我让他们来咱这里玩。这边黑林子我还在想办法，相信你回来后就会有消息的。到时你让他们都到黑林子去，看看河听听风，晒晒太阳补补钙。

老朋友？他好像很想认识我的老朋友。我盯着县长。县长眼睛挪开了。

要走，必须得走了。他起杀心了。他眼睛里全是小鬼人，它们跳来跳去，他藏都藏不住。我不会告诉他，不会告诉任何人。

灵子拉着我的衣服。她被火车站里的声音震得惊惶失措，她不知道往哪儿看，也不知道往哪儿站。我把她的手放到我的手里。我握住她的手，她就安安静静跟在我身后了。她靠着我，像个怕走丢的孩子。我多想抱住她的小肩膀啊。

那些居士提上来几个大箱子，说里面有钱，有换洗衣服，洗漱用品，还有各种生活必需品。他们说让我们去一个人吧，好照顾你的生活。我说不用，我会照顾好他们的生活，省城我待了十年，那边有朋友有同学。他们说你不用担心，那边我们已经安排好，有人进站接你，有车跟着你，你想上哪儿车随时备用。那个十个手指都戴翡翠戒指脖子挂盘子那么大白玉的女人眼圈微红，拉着我的手说，上师，你走了，我可咋办啊？我抽出手，看了看她浑身翠绿白嫩的配饰，说，你把这些东西摘掉，你就可以看到我了。她怔了怔，松开了手。

很多人站在站台上。他们看着我，像看着希望离开。一个人急慌慌地跑到我跟前，低声说，上师，我们把你的相片又装裱好了，放在我家里。等你回来，你就到我这里。

灵子一路上都胆战心惊，她没有坐过火车，没见过这么多人。她头晕恶心，只嚷嚷着想回家。她说孝先哥哥咱们回家吧，你看立阁爷都快打鸡血了，他那样兴奋肯定有问题，长老爷都怎老了，经不起折腾了。她说的哪个家？那个河坡？我不想回。星星月亮很好，可我不想只待在那里。我受不了立阁爷的说教，受不了长老爷的唠叨，还有，我不想像灵子那样永远天真。人们都说我疯，我是疯了，这是因为我比他们都明白。他们的心有毒。

灵子，我带你见见世面，再回去不迟。到那时，你就不再恁天真了。你就明白，就是有人抱你，你还是很孤独。比不抱你还孤独。冷。我冷极了。我不知道我在啥地方了，四处都是墙，白墙，连个划痕都没有。没一个人，没一点声音。我不知道我待多久了。我使劲闭上眼，再使劲睁开，娟子躺在我身边。她正看着我，眼角还有泪。我伸手抱住她，像抱住一块冰。她屏着呼吸，一动不动。娟子，娟子。我轻轻叫她。她睁开眼，眼睛是一个黑黑的洞，越来越大，要吞掉我。她要离开我了，她不爱我了。我一下子空空荡荡，一丝风都能把我吹走，把我吹上天，永远离开这里，不再做人类，不再看见哪怕一个人类。

灵子看着我，她第一次这样看我。她不信我说的话了。她知道我不想回河坡了？她知道其实我还贪恋人间，贪恋人们的崇拜？她知道我是个假的，没有他们，我啥也不是？

省城到了。你一看到几十根电线杆缠在一起，火花四溅，周边房子被刺眼的电光罩住时，省城就到了。我们生活在一个巨大的电网内。每个人身体都连在一起，连路边的树都被连在一起，要不然，那树叶咋能是这样透亮的黄？秋天河坡的树叶也是黄的，可是那黄带着日光的衰败，又温暖，又让人伤心，可省城里，树叶的透亮夹带着锐利、力量，好像有东西在强迫它变黄。

我们被送到一个流光四溢的宾馆，总统套间，水果餐饮安排得周周到到。我看着镜里的自己。脸上没一丝多余的肉，清爽干净，长袍俊雅飘逸，身上也没有一丝多余的肉，我喜欢这样的自己。桌上有串佛珠，我拿起来，套在手腕上，不松不紧，正合适。

立阁爷倚在门口，笑着说，嗨，小子，喜欢你自己吧？

每个人都换上新衣。立阁爷的黑色长袍威武英挺，长老爷雪白长袍，似要飘飘上天。灵子穿一件绣花羊毛裙，她转啊转，把腿上的小苍耳都转飞了。

娟子。我要找娟子，我要让立阁爷、长老爷和灵子看看我的娟子。世上没人比她更美。我要问问她，她愿不愿意和我们一起住河坡，如果她愿意，我就回去，我就听灵子的话，回到河坡，回到家。

我要先去找熊。我脑子里娟子的最后记忆，有熊的身影。他远远站着，双手插在裤子口袋里，脚不停朝四处踢小石子。他很生气的样子。我不记得他周边的景物，不记得我从哪里出来，也不记得娟子是啥样子，但我知道，当时我和娟子一起朝熊走过去。

熊住在省城郊区的一个城中村。他年薪二十万，在城里买了一个房子，借亲戚朋友两百万，贷银行两百万，他把那房子出租还贷款，自己还住在那间极小的出租屋里。

熊看到我，吃了一惊。他围着我，转了几圈，又搐我一拳，说，你好了？咋穿起长袍来了，扮古典啊？

好了，早就好了。来，介绍下，这是我的三个朋友，立阁爷，长老爷，灵子。

熊盯着我，忧愁一瞬间又回到他脸上，他说，哦，好吧，大家好。

他对立阁爷们不感兴趣，他要是知道我们能干些啥，他就是不一样的口气了。

别问我娟子的事儿啊。我还没再张开嘴，他就摆手说，人家现在过得很好，你就别去打扰人家了。

熊，你要转运了，你看你眼角线开，眉梢带风，最近你别离开省城，别离开公司，你会来一个大项目。

先儿，你真成先儿了，啥时候开始算命了？

不是算命，是弄通了天地秩序。天理数理人理，皆为一理。人来运时，红光四射，里外通透，你自己看不见，一般人看不见，但通的人就可以看到。我可以让你更通，你还可以住这里，但别住在这个四面无窗周边无路的小屋子，你搬到路边，朝着省城的路边，偏一点破一点没关系，只要路通就行。省城虽然是个电网城，但是，短期之内，你还有利可图。

先儿，先儿，熊急着打断我，说，你真把自己当成先儿了啊？

我只是看见了原来没看见的东西。

先儿，你可是高考状元，IT精英，你还是大学联合读书会的创始人，遍读哲学、科学和人文书籍，你咋开始信这了？

熊，熊，这不相悖啊，这也是科学。你忘了咱们老师说过的一句话，科学走到最后，就是哲学，宇宙、天地、人，三者是完全相通的。

那也不能走到封建迷信上啊。你就是一根筋，你要不是一根筋你能和你们老板闹翻？和你同事闹翻？娟子当初多喜欢你啊，可你呢？非要去办啥子读书会，不办能死啊？你自己日子都过不成还非要去学习啥书，书里讲的是真理，那现实就不是真理了？你还非要和你老板比，你能比过人家？你在家玩泥巴，人家都跑到纽约去参加纽交所了，起跑线都差半个地球那么远。得，看看你自己，精神分裂了。你说，你还记得你读书会的人吗？他们都到哪儿了？你知道吗？你关心过他们吗？

他在颠倒事实。娟子喜欢读书，她喜欢我读书的样子。我们在校园里发传单,"快来读书吧,不要黄金屋,只要颜如玉",走过的同学看看我和娟子并排站着的样子,就接过传单,微笑着走了。读书会一个月读一本书,我喜欢经济政治,娟子喜欢文学哲学,我们就存了个私心,先挑各自喜欢的,要求每个参加读书会的同学看。我从来不讲真理,我天生讨厌这个词,一听见这个词就想吐,就像一看见红薯就胃酸,一听见雨声就想小便。

熊又指向自己,说,我替你承担多少,受了多大罪你知道不?

我看着熊。

你啥也不记得了?是我和娟子把你从黑林子领出来的,当时你都不认得我了,你看见娟子就要打她。

一阵阵血从腿往头上涌,我浑身烦躁,恶心想吐,我想打人,想把头撞到哪个地方,撞出血来。我又听见黑林子里我屁股和腿的尖叫声,它们认得那地方,它们害怕,它们想逃跑。可我为啥到了黑林子,为啥?就因为我得罪了我老板,就因为我不想让他抢我的设计专利,就因为他也喜欢娟子?这个阴险小人。他让人害我不成,就把我关起来了。怪不得有人闯到我家里,把椅子踢翻,把被子撕烂,连娟子最喜欢的洋娃娃也被戳得稀巴烂,他们拿走了书,拿走了电脑,把所有带字的东西全带走了。

我对熊说,熊,这次来我就是要复仇的,我要找到我老板,让他也家破人亡,我要找到娟子,让她看清我老板的丑恶嘴脸。

熊捂住脸,原地转了几圈,说,先儿,你真是脑子坏了,你老板还四处跑着救你呢,你读错书说错话了,你是危险分子你知道吗?

熊把我拉到窗口,掀开窗帘,说,你看,你看到外面的那些黑衣人了吧?他们是来监视你的,你到哪里去,见了哪些人,他们都会有记录,你走到哪里就会把危险带到哪里。先儿,你还不明白吗?

我的脑子被啥东西砸了一下,嗡嗡嗡,晕过去,又晃过来。我大笑起来,说,熊,熊,你太好笑了,你比立阁爷还阴谋论,你错了,那是我的……算啥,崇拜者?你不知道,我在咱们老家已经很出名了,人们争着给我送钱,请我去家里,请我给他们算命看风水讲道,我住的地方都是县长亲自给我找的。

我靠近熊,低声说,省城这边好几个部长都去见过我,还派人给我送很多东西。我还要在黑林子那里修个方舟,不知秦汉,无论魏晋,到时你也去,我们一起鸡犬相闻老死不相往来。

黑林子?你出来时还在嚷着说,那黑林子缠住你了,那地方潮湿阴暗,阴森无比,你浑身长满湿疹,流着黄脓,这会儿可又成桃花源了?先儿,听我的,你赶紧回家,好好放你的羊,别再祸害别人。别去找娟子,别去找你老板,别去找任何人。先儿,你听我的。

熊,熊,你也被他们收买了,是不是?你也想害我,我老板给你多少钱?我要去找他,我要把他给算死,我要把娟子从那个恶狼那里救出来。

先儿，你告诉我，你最近吃药了没？你得看病吃药，不然，你的病情会越来越严重，你别到处走，你会害人的。你已经把我害了，当初你给我打电话，我去接你，你知道他们盘问了我多长时间？我差点都顶不住了。你这一来，我又得被找去问话了。要不是你老板，娟子都不知道流落到啥地方了，她为救你，遭了多少罪，你知不知道？

熊，熊，我走了。我知道你被收买了。

走出熊住的房子，回过头，我发现，熊的房顶到处都是天线，楼前面有监视器，楼顶上也有一个大锅。怪不得熊问我"你读书会的人都到哪儿去了"，他是在套我话。熊竟然也要害我？

他们毕恭毕敬打开车门，我坐在里面，他们又毕恭毕敬地关上车门。

我问立阁爷，他们是不是来监视我们的？

立阁爷说，不是的，你得会看人们的表情，他们的表情是真的。你说了什么，他们马上就去做，按你看的风水去挖坟，按你看的位置去盖房娶亲办丧事，他们听了你的。

可我那都是瞎说的啊。

立阁爷说，孝先，你不要怀疑你自己。

立阁爷的声音越来越远。车厢里黑漆漆的。长老爷不见了，灵子远远看着我，神情冷漠，他们也要离开我。我被关起来过？好像是，可是我啥也记不得，记不得了。

头又疼了起来，有人拿着锯，正从我天灵盖中间锯下来，他们要把我分成两半。

车到峪水河边，右转进滨河路，行约五十米，再右转进到一个金色琉璃墙的大院子。院子里别有洞天，假山、流水、走廊、花木，精致无比。真是奇怪啊，我和娟子多少次沿峪水河散步，居然一点都没注意到有这样一个地方。穿过假山，一座富丽堂皇、雕栏画栋的房子出现在眼前。

一群人站在门口，地上铺着红地毯。

领头那人看我过来，趋步走过来，一把握住我的手，说，哎呀，大师可算到了。我们是盼星星盼月亮啊。

人群闪开，"国医馆"三个烫金大字挂在门口的朱红圆立柱上，顶天立地。

那人说，孝先师，我们馆里的医生来自四面八方，有京城大医院退休过来的名医，也有像你这样在民间广有声名的祖传世家，我们这里兼容并包，最大限度发挥我们的中医国粹。

进大堂，扑面而来的就是影壁墙上的十几幅超大相片。相片上的人个个白衣大褂，鹤发童颜。相片下面是医生简介，介绍其专攻学科、所获成就、所医奇迹。每个人的简介都密密麻麻。果然都是国粹。转过影壁墙，我的相片赫然就挂在墙的背面。相片里的我身穿那件藏青色长袍，齐耳中分黑发，面带微笑，望着前面看我的人。下面的简介倒是相当简洁：

精通佛学、易学、命理、阴阳，中医世家第十八代传人，专攻肿瘤、肠胃、抑郁。

相片旁边，挂满一壁锦旗，都是感谢"韩孝先神医"的。有治好多年肝病的，有治好半瘫如今健步如飞的，有治愈恶性肿瘤的，等等，等等。

旁边传来灵子咯咯的脆笑声，她笑得快止不住了，说，孝先哥哥，你啥时候来过这儿了？你咋可成名医了？

灵子你以为是假的？你没看你孝先哥哥在河坡上的神迹？他治好了多少人，你不知道？你忘了，一个中年妇女开车拉着她丈夫，千里迢迢到河坡去找你孝先哥，在河坡待了五天，她丈夫能起来走了。你忘了，一个天津的老汉，十几年说不出话，也不愿见人，医生论断有"脑梗死""舌系带短""面神经炎"，他一脸愁容到河坡这儿，你孝先哥陪他坐在窝棚前，也没说啥话，第二天，老汉就张口说话了。这些人知道你孝先哥要来这儿，就把锦旗送过来了。

立阁爷的声音里透着喜悦，志得意满的样子。

那人把我领到一个透明玻璃房里，说，孝先上师，这是你的办公室。

我指着玻璃问，为啥房子是透明的？

那人说，你们在这儿坐着，就是活招牌。病人进来看见你们，就会安心。不过不会让你们吃亏，像你们这样的专家都是一千元一个号。

一千元？我吃一惊。

那人笑了，说，孝先上师，这一千元全是你的，你所开处方里的钱还可以返点百分之十。

我不想挣钱，我只想救人。

那人说，孝先上师可是嫌少？不然，百分之十五，怎么样？

我真的不要钱，我不需要，我就想治病救人。

那人抬头默想半天,最后,咬着牙说,孝先上师,那就百分之二十吧,这是我能给你的最高点了,我们有药材本钱,还有运营成本。

我不要钱,我只上午坐诊,一次只看五个人。

那人说,孝先上师,你说咋样就咋样,只要你在这儿坐着,就行。我们这儿有治疗各种疾病的成药,一会儿让值班医生过来给你介绍一下。

外面不知什么时候挤满了人,朝玻璃房里面张望,眼神里充满惊奇和渴慕。

那人俯下身子,贴着我耳朵,得意地说,孝先上师,你的事迹我们已经宣传出去了,这些人都是慕名而来。

他走出玻璃房,站在门口,张开双手,对着拥挤的人群往下轻轻压。那些人慢慢静下来。

那人说,孝先上师一日只看五人。今天是第一次,大家都已经到了,无法分出先后,那就抓阄吧,谁得到谁是幸运者。从明天开始,就按先后,谁到谁得。

有人端一个盆子出来,盆子里面放着一个个纸团。

那人说,大家拿好自己的纸团,先不要打开,等都发完了,再一起打开。谁先打开,就取消抓阄资格。

那些人排着队,安静地等着纸团发到自己手里。

那人叫道,开!

人们匆忙低头,打开自己手里的纸团。有数字的人狂喜大叫,像得了天大的奖赏,朝着玻璃房里的我拼命挥手中的纸。娟子挥舞着手里的纸,远远朝我跑过来。路上的积水在她脚下四处飞溅。细雨蒙蒙之中,她像个凌波仙子,一路轻滑过来。

她跑到我面前,一把抱住我胳膊,歪着头,笑眯眯地说,猜猜看,有什么喜讯?

我摇摇头,说,猜不出。我知道是什么喜讯,那段时间她一直在等这封信。

猜下嘛,猜着了,今天我请你吃饭。

我扫一眼她手里的信封,看到信封下方的英文落款"Massachusetts Institute of Technology"。果然是的。

又拿一等奖学金了?我故意逗她。

不是啊,娟子拖长声音,那对我都不是事儿,你再猜。

她扬扬手中的信封,朝我晃了几晃,说,猜猜看,这里面是啥?

麻省的通知来了?还真有人要你这个傻妮子啊?不错!我抱住娟子的头,让她正对着我的头,我笑着看她,狠狠在她额头上亲几口。

娟子仰头看着我,她眼睛黑黑的,像黑夜明净的天空,深不见底。小雨珠儿轻轻落下来,落到她额头上,落在刚我吻出的小凹洼里,几滴小雨珠盘桓在里面,不肯出来。我俯下身,用嘴唇轻轻把它们吸住,咽了下去。甜丝丝的。

娟子的脸红了,她四顾一下,看到对面一个高个儿女生在看我们,就又昂起头,抱紧我的胳膊,炫耀地说,走吧亲爱的,我们去吃好吃的。

她喜欢有人看到我们俩黏在一起腻歪,她像炫耀宝贝似的到处炫耀我。我有那么好吗?我都不知道我是谁。我不知道那麻省理工学院的通知书后来到哪儿了,娟子后来为啥没有出国,为啥没去读她期待已久的硕士,我想不起来原因了,反正,她没走。她和我一起,毕业,工作,幸福地"蜗居"。那段时间流行这个词。我进了我老板的公司,他说学弟啊,好好干,两三年之后,你就可以成为我的合伙人。现在不愁发财,不愁创意,愁的就是把创意落实的人才,尤其是咱们这个行当,必须走在科技的最前列。我说学长没问题,我们肯定能在五年内干一番事业。我就不该来这个公司,我不该来,更不该带娟子来。娟子,你怎能见异思迁,你怎知我将来不会开公司发大财?你不是那样的人,你不是。我想念我们的一居室,想念那里的每一分钟。我恨那次我为什么要加班,为什么非要推演那狗屁公式。我们约好去看易卜生的话剧《群鬼》,是北欧一家剧团过来演的,我们早就把票买好,把时间腾出来,我们约好下班后在国贸地铁站见面。可快下班的时候,我老板说要和我一起再推算一遍公式,他第二天要去上海,要去和投资商谈投资。我留下来了。我让娟子来办公室找我。我真恨啊,我恨不得能时光倒流,再拉回到那天晚上,哪怕被我老板责骂,哪怕被开除,我也要走。娟子啊,不要到公司,不要,永远不要。我要去接上你,去看《群鬼》,吃夜宵,然后,我们一起回家,躺在我们的床上,紧紧抱着。我喜欢把她搂到我身上,她喜欢把下巴放在我锁骨那里,脸贴到我脖子上,她说,这个结构就是为了让两个人更紧地贴在一起。在最欢乐之后,她浑身软得像海绵,她总爱把头埋在我胸前,然后吃吃笑,说,造物主真玄妙,真是严丝合缝啊。我挠她的屁股,笑她是个小色鬼。我的娟子是个小色鬼,我喜欢的又色又美的小妖精。我老板一见你眼就闪亮,他直勾勾看着你,说早闻其名,不如一见。我没看出他的狼子野心,我还让他和你聊会儿天,还说师兄理应陪一陪师妹,我脑子真是进水了。我脑子一直有水,我后来才知道。在看到我老板眼神的那瞬间,我就装聋作哑,我为啥让他陪娟子?我知道娟子漂亮,我知道娟子能迅速俘获男子的心,我把娟子推出去,替我讨好我的上司。啊不是这样的,不是,我没这样想过。你就是这样想的。我不承认我坚决不承认。那个推算终究没有完成,我一个字都打不进去,那些字母、数字在电脑里狂欢乱舞,我捉不到它们。我努力听我老板房间里的声音,娟子咯咯的笑声,真开心啊,我老板故作疑问的回应,那是他勾引女孩子常用的伎俩。他们在聊什么,那么投入,那么多笑声。我推开老板半掩着的门,娟子和我老板正头对头研究手机里的东西,边看边笑。我老板看我进去,招手喊我道,孝先,快过来,我和娟子有共同的朋友呢,你过来看。我走过去,看到我老板手机上一个肥胖的白人女性正朝着我们笑。孝先你猜,你肯定猜不着,我和娟子出国参加国际奥林匹克物理竞赛住的是同一间宾馆,那宾馆的前台仍是同一个人,就是她,Julia,这是原先我竞赛时和她的合影,苗条漂亮,这是娟子后来去照的,已经丰乳肥臀了,我几乎都认不出来。话还没说完,他们俩又哈哈笑起来。什么狗屁Julia,什么奥林匹克竞赛,你们在炫耀什么。你们对面的这个人,没出过国没参加过竞赛没有有钱的父母,所以他和你一样聪明上一样的大学却只能给你打工。娟子碰了碰我,说,学长答应参加咱们的读书会了,他会找喜欢的书给大家分享。她的眼神有些游移,她在掩饰什么,心慌什么。那Julia让她心慌了?让她想到了命定的什么了?我老板停下了笑,也小心翼翼地看着我。狼子野心,黑心黑肺,他要抢我的娟子。可娟子,难道一个Julia就把你给抢走了?

娟子,我一定要再见到你,我要问问清楚。

我坐在立方咖啡馆斜对面的小饭馆里。娟子喜欢坐在咖啡馆里面靠窗的那个位置上,我从这里刚好能看见她。立阁爷说一甲子以前这里就有咖啡馆,美式英式都有,咖啡馆的外边就是挑着担子沿街叫卖的,穿西服的坐三轮车,穿长衫的开轿车,小脚的穿高跟皮鞋,各美其美,谁也不干涉谁。我告诉立阁爷,此省城不是彼省城,沿街叫卖是违法的,都得待在规定位置才行,你要是没有省城的身份,别说规定位置了,你连待在这里都不能待,你必须回你该回之地。立阁爷嘟嘟囔囔,一脸的不满意。

第七天,娟子就来了。她还是喜欢这地方。她还喜欢。她走路还是一弹一弹的,长发随风飘动,阳光照在她的提花棉连衣裙上,她整个人都罩在光里面。"立方咖啡馆",她喜欢这名字,她说她喜欢多维的生活,不喜欢单调的生活,多一个维度,相当于多活一重空间。她说她喜欢窗边的位置,隔着玻璃看外面世界,既是局内也是局外。她总爱使用这种矛盾修辞。

她走到靠窗的那个位置上,坐下来,看着对面的人。她眼神专注,认真听对面的人说话。我喜欢她严肃的样子。认真,独立，混合着她脸上柔和的线条，还有一点孩子气，真是好看极了。我感觉我的心在缩紧、变硬，跳得越来越快，我有些控制不住自己了。长老爷啊，快救救我，我以为我想她已经想到极致，我看见花，看见草，看见灰蒙蒙的天，我想到娟子，我闻到青草的味道，听到大河的流水声，我想念她，一只鸟扑啦啦飞过天空，我就感觉我心像被划出一道伤痕，我想念娟子，我想她想到浑身疼。可长老爷啊，我看见她，我才知道，那些疼都不算啥。我呼吸不上来，我说不出话，我脑子要炸开，我口干舌燥，浑身发硬，我充满渴念。我想抱住她，我想让她看到我，我想她看着我笑，那黑黑的瞳仁里面有我，我在里面慢慢弥散开，她眼睛里就只有我了。

娟子在听谁说话？那么投入，像正在得到抚慰，慢慢放松。那个人是谁？竟然能安慰到她。从我这边，我只能看见一个肥厚的背影，平头，黑色衣服。那不是我老板。我要看看他是谁，我要掐住他的脖子，把他掐死，然后扔到饥饿的秃鹫之中。

我还没有起身，就见立阁爷蹦起来，急急跑出小饭馆，跑到马路对面，盯着娟子对面那个人。他比我还急。

那个人身穿长袍，平头宽脸，紫黑发亮，他一只手数着佛珠，另一只手向娟子比画着，不停斜砍式挥舞，幅度很大，脸上挂着弥勒佛样的笑容，肚子上的肉随他说话的手势不停颠簸。那个人的侧旁，坐着两排人，他们都仰着头，和娟子一样，着迷地听他讲话。他们的神情，像要把那个人的话吃进去，要让那个人驻到他们心里。

立阁爷突然扬着手中的骷髅头，朝那人大声咒骂，骗子，骗子，你这个吃人不吐骨头的大骗子！

是骗子。到处都是骗子。我在街上看到很多这样的人，人们跟在他们身后，像一心要找到依靠的孤魂野鬼，像没有心的幽灵。娟子，为啥要坐在这里听他说话？你自己呢，自己呢？娟子，娟子，你醒醒，不要轻易信别人的话，他们是想害你。这世道，凡是穿长袍的，都是欺世盗名，包藏祸心。凡是对你说鸡汤的，你都要留神他的下一步。凡是要你革命的，你都不要让他站你身后。他想从娟子那里得到什么？他也要害娟子？

娟子，娟子。我大声喊她。

娟子好像听到了声音，往门这边看了一眼。她看见我了？我迎上去，我要告诉她真相，让她赶紧跑，离开那个骗子，离开这里的所有人，到黑林子去，只有在那里，才没人害她。

娟子眼里满含笑意。

她不是在看我。我老板，那个恶霸，地主，大坏蛋，他推门进去。他手拂过娟子肩膀，扬起来，伸到娟子脸左侧，把娟子披在额头的头发夹到耳后，我要把他的手剁下来，又伸出胳膊搂住娟子的腰，我要把他的胳膊砍下来，又向穿长袍的人弯腰鞠躬，然后挨着娟子坐下来，我要把他推开，一掌把他劈到喜马拉雅山。

又几个人进来，分坐在长桌两边。大家都看着穿长袍的人，我老板带头鼓掌，所有人都鼓起了掌。那穿长袍的人站起来，一只手举到唇边，示意大家安静，胳膊上的手表闪着金光。他向四边弯腰。他整个人像座山一样，腰里几圈赘肉，他一说话一动作，胳膊上的肉就跟着颤。丑，丑极了。

须菩提！于意云何？东方虚空可思量不？不也，世尊！须菩提！南西北方四维上下虚空可思量不？不也，世尊！须菩提！菩萨无住相布施，福德亦复如是不可思量。这几句话什么意思？东方虚空，上下四方皆空，不要总想着去衡量，那是谁也衡量不到的。不如放下一切，无思无欲，无欲则刚。就譬如企业，赚钱可以，但不能太贪，你的钱不是你的钱，它也属于国家，属于大众，你当广散其财，以成福德。

你听你听，他都在说些啥？他是糟蹋《金刚经》啊，他把佛学里面最基础的宇宙观解释成了俗世玩意儿。他啥都不懂，欺世盗名！啥是经济？经世济用，后来才转义为英语的economy，纯粹之算计学，但是，就是经世济用，也讲究私人之财产，它属于你自己。你如何分配自己的财产，如何思考自己的财富，才是"无住相布施"。

立阁爷四肢紧绷，胸脯迸裂，马褂上的扣子嘭嘭嘭往外炸，他在和自己生气，和自己较劲。他的心脏干枯，粗细不一的黑筋在他胸腔里如群魔乱舞，他手里还拎着他的骷髅头，骷髅里塞满大大小小的泥丸。这是立阁爷？不是，立阁爷长袍马褂，粗壮结实，颇具古典之风，不应是这样的张飞粗汉。我心中突然一惊，他肯定是被派来监视我的。他们怕我认出他们，就派一个鬼怪过来。那骷髅是一个伪装的照相机，他们要把我拍下来，将来作为呈堂证供，我要把它抢过来，把它摔烂，摔得粉身碎骨。我要掐住他的砍疤，拧断他的脖子，让他永世不得超生。我正要朝立阁爷扑过去，立阁爷突然口吐白沫，浑身抽搐，顺着窗玻璃倒下去。

有人奔过来，靠近我们，又赶紧退后，他们绕着我们看，拿手机拍照，他们都不触摸我。我身上有病菌。他们把我看成病菌了，谁都不理我，他们在打电话，他们又要把我关起来，是不是？他们要关我，像立阁爷那样被关到四方黑洞里，像长老爷那样关到黑林子里，像灵子那样，把她推到车轮下面，他们把所有和他们不一样的，都弄起来，天下就太平了。

头抵着玻璃窗，冰凉冰凉，我慢慢倒下去。

在倒地的刹那，我看见我老板的脸。他面色暗淡，笑容勉强，他嘴张得很慢，动作非常迟缓，他和娟子对望时眼神游移。他遇到大难了。他坐的位置，正对着长桌的桌角，那尖锐的桌角，像个利器，直插他心脏。他头上的水晶吊灯，那个尖尖的锥形，正对着他的头，他的后背，正对着咖啡吧台的尖角。他的前胸后背，上下左右，都是利器。他心里已有不祥之感，但还只是模模糊糊。他一直没喝咖啡。别人讨论问题的时候，他眼神茫然，呆呆地望着我这边。

他看见我了？死神一样的我？骷髅一样的我？这早已不是那个意气风发、夺人之妻的少年天才，死神已经盘旋在他四周了。

冬

元亨利贞

孝先朝我奔过来，很多人朝我跑过来，孝先的眼神狂乱紧张，他使劲拉我，推我，嘴里喊着，立阁爷你快走，快走啊，快点，再不走你也走不了。他们来了，来了。他把我护在身后，张开双臂，仰起头，盯着那群围着我们叫喊的人。他真像立挺啊，像一个殉教士，一人受难，为世人赎罪。人群越来越近，他们眼睛里没有愤怒，只有害怕，他们害怕我们，孝先你看，他们害怕我们，比我们害怕他们要多得多，你看，他们一边往前走，一边又随时准备往后退。我推开孝先，扬起手中的骷髅头，大大小小的泥丸飞向人群，啪啪啪，子弹一样，清脆震耳。人群潮水一样往后退，他们怕极了，怕极了，哈哈……

　　定军山呀呀呀——
　　虽然年迈精神爽，杀人犹如宰鸡羊。
　　催马来在阵头上，那旁来了送死的郎。
　　宝刀一举红光放，无知匹夫丧疆场。
　　眼前若有诸葛亮，管叫他含羞带愧脸无光。

我又站在了广场前,又站在了审判台上。那最后一次我没能站着,他们把我推倒在地,跪下,把我头抓起来,仰着,让群众看清楚我的脸。他们把我的腰按住,拧弯,一个大坏蛋,不能挺腰直立。现在,我又站在这里了,仰天长笑出门去,我辈岂是蓬蒿人——

走,走啊,立阁爷,你快走,他们要杀你。孝先把我推开,又把我往窗玻璃上按,他看我像不认识我一样,脸色狰狞又虚弱。

是的,好像有那么几个人,就是那些人,一直站在最外边。他们盯着我们,像老鹰盯着猎物。我一看他们,他们就把眼睛转过去。他们戴着黑皮手套,腰挺得笔直。他们闲聊的时候眼睛不看对方。我熟悉他们身上的味道。熟悉极了。是的,孝先,你说得对,有人想害我们。魔爪已经伸出,盛极必衰,物极必反。咱们该走了。你看外面的人,不值得你爱,不值得你为他们复仇。

我还刚倒在咖啡馆门口,救护车就呜哇呜哇来了,就好像他们一直在哪个角落等着。几个穿白褂的大汉把我抬到担架上,按住我不断抽搐的身体,用皮带绑上,塞进车里。他们手里拿着两个通电的铁熨斗,压在我胸口,嘭,人被电了起来,一股激流突然间射进身体,人来不及叫一声,就疼晕了过去。嘭嘭嘭嘭,激流不断进入,脑子里无数的神经末梢被弹起来。我被弹起来,又倒下去。有人说,不行,看来还好不了,必须得上设备。另外一个人说,再击几次试试,昏迷太久,脑神经受损，就有可能醒不过来了。那人点点头。于是，那人又拿起铁熨斗，双手按着，等待电通上，边等边说，通知国医馆，让他们来交医药费。

国医馆？他们咋知道国医馆？看来是真有人在害我们。他们想把孝先捧起来，捧得很高，再让他摔下去，让他彻底疯掉，傻掉，这样，他就啥也不能做，啥都不知道了。

孝先，你醒醒，你得逃，咱们得逃，那些人想让你死。

我听到我在说话。我睁开眼，看到对面的我自己，我正挣着蜈蚣脖子喊孝先。我低头看自己，看见孝先的藏青袍子。

是孝先晕倒了，不是我？可明明是我啊。明明是我在遭受电击，我能感受到千万根钢针扎进来时的疼，比刀砍到我脖子上的疼还要疼。我明明看见孝先朝我跑过来，我唱着定军山英勇被抓。我们俩就好像是一个人，我能感受到他感受的，他能知道我心中所想。

看着又昏睡过去的孝先，我开始对人间有丝丝的眷恋之意。

回穰县吧。立挺哥说。

穰县不能回。县长刚派人捎过来信，你也看了，上面正在查，不知道会是多大事情，县长都不知道能不能过这一关。

立挺哥抖着白胡子。他一直在生气，他在生我的气。他觉得是我诱使孝先来到省城，是我把孝先带到这条路上。他跪在地上，低头向上帝祈祷。

咱们回河坡吧。灵子说。那时候咱们多幸福，孝先哥白天放羊，晚上你们学习、聊天，我和我的小伙伴们玩，多开心多好啊。

哪有"那时候"？灵子，从来就没有"那时候"，"那时候"是世界上最虚妄的词，是骗你们这些小孩子的。

你不也老讲"那时候"吗？灵子低声嘟囔着。

我贴到孝先胸口，听他的心跳。他没事。他的心跳很强，并且越来越强，他是在和什么纠缠、争斗，像在冲破一层层障碍，往光明这边来。

据说那天是三十年来省城最冷的一天，说走在户外不要乱摸别人的脸，摸一下，脸可能就像瓷片一样，一片片碎下来，摸的那个人手指也会掉下来，因为太凉太凉。说那晚的月亮将会格外亮，因为寒气把一切都凝住了，没有任何浮尘，没有任何云朵。

天有异象。

月亮慢慢移过窗户，冰冷清亮的光一罩到孝先身上，孝先打了个大寒颤，身体抖了几下，他努力睁开眼睛，看着我。

我睡了多久？

七七四十九天。孝先，你都快到中阴天了，阎王爷那儿你都走了一遭，看来是你还不到时候，他老人家不收你。

我老板呢？是不是死了？

死了。

是我杀了他吗？

上吊，自杀。

是我杀的。我看见他和娟子在一起，我就想他死。我想让他死透透，永远不要再碰娟子，永远不再出现在娟子面前。

千真万确，是自杀。吊在沙袋上，身体和沙袋差不多齐。报纸上说的。

我想把报纸拿给他看，可又怕他看见上面娟子的照片，上面介绍是"死者×××的妻子"。娟子还真是漂亮啊。灵子没事就研究她，一会儿嫉妒，说都是这个娟子让她亲爱的孝先哥哥生病，一会儿又说替她孝先哥哥高兴，因为他爱的人肯定是最美的人。

孝先向一个来看他的人要到手机，只一会儿，便查到了所有的信息。

那报道说娟子还有前男友，她到底有多少个男朋友，她欺骗了我多少次？她说过我是她初恋，可她竟然还有前男友？报道说她前男友是个运动分子，她还为他四处奔波？立阁爷，她都那么爱他，为啥和我一起时没听她说过，一次也没有，她为啥要瞒我？她是啥时候谈的恋爱，娟子说她的初吻是给我的啊。娟子娟子，你还有多少我不知道的事情，你告诉我啊，我不会怪你，我不能占据你全部生命，但你不能骗我。刘思你这个王八蛋快出来，你一死了之，留下我娟子咋办？你那么一个烂摊子，谁能接得住，你枉被别人称天才。

孝先的头拨浪鼓一样晃着，和虚空中的人对质。

立阁爷，娟子爱我，她喜欢我，她看我时我就是全世界。我们都是彼此的世界。

孝先呆坐在床上，捧着自己的头，用手使劲捶着，想捶开个缝儿，想看到那里面还有些什么东西。有什么东西存在那里，可是他却进不去，他隐约地能感觉到什么，却一点触摸不到。

他总在夜间发烧，抽搐、出汗，不停说胡话，挥舞着胳膊，让缠他的人走开。白天，他衣着整齐，眼神灼人，只偶尔自言自语，但他总很快背过身去，打坐调息，等平静下来，再扭过来，面对人群。

他坚持上午去国医馆坐诊。人们喜欢他，不管怎样，都要等到他的号。他面色苍白，哀伤地看着对面的病人，那病人却觉得自己如被照了高能射线，病菌都被杀死，通体清洁健康。他们对孝先千恩万谢，最后，拿着国医馆一瓶健胃消食片样的东西走了。

回到宾馆，他就面窗打坐。他不再和我争辩，不提娟子，不谈慈悲忍耐。我大声问灵子河坡里怀孕的小黑咋样了。我们离开河坡的时候，小黑怀孕了，孝先拜托常去给他送饭的一位妇女照看小黑，他要她告诉他小黑生了几只小羊，是花是黑，是公是母。灵子说我也不知道啊，咱们和河坡断绝消息太久了，不知道小黑还在不在，生的小羊好不好，有没人照顾。

无论我们说啥，孝先都没有任何反应。

可我知道，他脑子在高速运转。他转得太快了，我都快被烧煳了，我跟不上他思路了。他不需要我和立挺的提醒，不需要我俩的建议，他就像钻到我脑子里，我知道的他全知道，他把它们整合一番，全变成他自己的。然后，就试图把我驱除出去。他脑子运算太快了，旋啊旋啊，把一切都吸附进去，我担心到最后，它非爆炸不可。

他以为自己是独一无二的天才，以为自己掌握了一套天地规律，他可以把握别人的命运。有那么一段时间，他真的信了。我也信了。他看见娟子对面那"护身符"时他就崩溃了，他不愿意承认自己也是其中的一个。我也以为有了希望。樱花开，樱花落，我要做大事业。最后只落得一生蹉跎，最后身首异处。这也是命数。我要改变命数。孝先就是我。他像我。他做过大事情，他第一次出现在河坡那里时我就知道，我知道我这些年的等待没有白等。孝先，你要重返人世。你要复仇。复仇才能前进，复仇才有动力。年轻时代不宜老庄，不宜释道，不宜宽容。

孝先在梦里大嚷大叫，我要举报，我隔壁那人半夜偷偷笑，我爹天天在家拜《圣经》，和我一起参加读书会的还有王天星，就是他拟的章程，我上铺的男生是同性恋，我可以吃饭了吗我饿了我胃疼你还想知道什么我什么都告诉你只要你让我吃饭只要你让我闭上眼睛让我闭眼我想闭上眼睛……

孝先孝先。我捂住他的嘴。

孝先你醒醒，醒醒。别做梦，梦会出卖你。

我就想找回娟子。可是她却成为别人老婆，她还有前男友。那我是谁？她的前前前男友，还是啥都不是？她没爱过我从来都没爱过我，我为她被追被害，我为她回到河坡，修仙读经，洞穿世事，她却和别人好去哭别的男人为别的男人承担。

她爱你，她比谁都爱你，这世上再没有比她更爱你的人了。不然，你早就啥也不是，我也就没有机会认识你了。

你认识她？你也认识娟子？你和她一起，也是来害我的？

孝先，她那前男友就是你啊！

不是我，我不是运动分子，我是高考状元，是受人尊敬的孝先上师。

那也是你，孝先，你没听见熊说的话，你没听见他说娟子为你四处奔波？

那他是被收买了。要不是我老板陷害我，我咋能进黑林子？

孝先甩掉上衣，跳到窗口，擂着胸口，大声喊，你们来，风来了，鼓来了，老鸹背着鼓来了，你们都来，都来吧。

他对着楼顶的无数天线吼叫着——蛇一般肮脏狡猾的东西，它们偷听孝先的话，弯弯曲曲，把它们输向阴险的另一端。孝先的声音像极了狼叫：冬天饿极了的狼，被猎人追捕到筋疲力尽的狼，自己心爱的孩子被杀了的狼，不知道自己身处何方孤零零极度恐怖的狼。

没有人回应他的吼叫声。

他站了好久，转身回到床上，躺进被窝，把自己盖好，说，我要好好睡一觉了。

他真的好好睡了一觉。没有发烧，没有颤抖，没有胡话，他睡得香甜、沉稳。

第三天，他一睁开眼，就对我说，立阁爷，晚上要下雪了。

我抬头看一眼窗外，窗外阴沉沉的。

我是管天地的宇宙大帝，龙王爷的化身，玉皇大帝也附在我身上。他又喊立挺和灵子，说，长老爷，灵子，前段时间让你们受苦了，长老爷，我会好好的，完成上帝交给我的任务。灵子，我让雪再大点儿，你的花啊草啊明年就会长得更旺，你的动物小朋友就会好好冬眠了。

那天晚上，果然下雪了。

慢慢地，又有来访者了。有的是县长介绍，有的从国医馆来，有的不知从哪儿听说，就跑来要求拜见。孝先又开始和我们聊天，但不怎么争论了，他的执念、疑惑越来越少，人越来越平静。有时，有神秘的车来接他，他就出去了。他不带我们，甚至不告诉我们，就直接走了，回来时，神色驰然。我能闻到他身上的某种味道，怎么说呢，是满意，还是满足？我说不清楚。他正在放下一些东西。他身体姿势都变了。

他仍然耐心接待每个来访者。他看那些来访者，就好像在俯视渺小的芸芸众生，他盘腿坐在蒲团上，眼神涣散，整个身体也是散的。他的腰舒服地弓着，头自然俯向对面的人。他的声音还很低，但是轻松流畅，俨然是一个行家在讲说过千百遍的套话、行话，看似真挚，实则只是惯性。

孝先说，《易经》里面的元亨利贞，就是春夏秋冬，从开始、发展到结束，就是生老病死，大自然如此，人亦如此。人要顺应四时，但人又在天地之间，要配得上这广大和丰富，所以要仁礼义正。故，人既要做点事情，但还得坚持四季中该坚持的，这就是所谓道德。相生相克，相爱相杀，这也是道德。自然界如此，人亦如是。只不过，人要有基本底线。不必过于纠结。

孝先对另一个来访者说，人类文明开始之日源于人类有了剩余物资，有了剩余物资，就有了交换的可能。因为交换，就需要规则，需要道德。规则是规定那些看得见的可以衡量的交换，譬如以物换物。而道德是约束那些看不见的但却必须互相给予的交换，譬如，我尊重你，你也要尊重我。但还是有很多漏洞，人类自身不能解决自己的所有问题，这时候，上帝、真主、佛祖就来了。人需要外力来解救自己，就像你需要我，不是我有多伟大，而是人都需要一个"他人"，一个"观者"。我就是那个"他人""观者"。

听得人微微点头，郑重无比。

他懂得人们需要啥，他们为啥来找他。他们内心惶恐，需要有人给他们安慰。所有人其实都只需要一句话：你不是恶魔，你还配活下去。

那些来访者跪坐在孝先对面，他们的身体姿势要比孝先低半头，微微前倾，头一直抬着，崇拜地仰望着孝先。孝先的身体自在、放松。在这样的崇拜中，他融化自己、滋养自己。

最后，孝先总微微闭上眼，结束谈话。那些来访者心有不甘，还仰头望着孝先，看孝先最终没有睁眼的意思，就站起来，弯腰倒退到门口，直立起来，转身，推门出去。

直至门又关上，孝先才又睁开眼睛。他眼睛发亮，气色红润。

他在装腔作势。他开始享受别人对他的奉承，享受别人对他的崇拜了。他忘了我们最初的目的了。他忘了娟子了。

孝先，你可忘了咱们的目的？我声音很轻，我竟有点怕打扰他了。

什么目的？

咱们一路走来的目的啊。

这不就是我们的目的，你和长老爷的目的吗？治病救人，心怀天下。我很擅长。

不不，不是这样的，这样不对。

那是怎样？

我是说，你忘了咱们的初衷了。

复仇？你不可能让所有人都回黑林子。

不是这个意思，我是说的精神，你的精神。

我精神好多了，感觉前所未有地精神。

就是因为这个，你是不是少了啥东西？

我不知道如何表达。我接下来说了一句天大的错话：

你不是医生，你不会看病。

孝先霍然扭过头，盯着我，瞳仁慢慢变大、变灰，里面有一些小虫在蠕动，他一字一句说，我是医生，我医好了人。他们还送了我锦旗，你没看那墙角，都堆满了。

国医馆是咋介绍你的，"中医世家第十八代传人，专攻肿瘤、肠胃、抑郁"，你自己信了？

孝先站起来，身体像拉满的弓，手紧紧攥着，声音突然提高：

那你的意思我是假的了？我不会看病，不会看相，来看病的老百姓是傻瓜，县长是傻瓜，那些达官贵人是傻瓜，全天下都是傻瓜，咱们骗住了天下人？

不是这个意思，孝先。你是真的假的不重要，重要的是你心里还得有一点点自己的想法。是，说你是医生也不为错。病人看见你就心喜，心喜就有助于疾病好转。但这并不能说你真的就是医生，这只是咱们打入敌人内部的方法啊。

"敌人"？立阁爷，你疯了，你还生活在过去，我们没有敌人，早就没有敌人了。

有，到处都是。孝先，你睁开眼看看这世界，哪一个不是敌人？来找你算命的，哪一个不是心胸狭隘浅薄无知？哪一个不是想踩着别人的肩膀往上爬？

要这样说，天下人就都是咱们的敌人了？

咱们就是要与天下人为敌啊。

我举起右手，骷髅头一阵哗啦啦响，我使劲晃着，我真想把他摇醒啊。我不是那个意思，不是让他与天下人为敌，我是想说，他得有自己的想法，他得知道自己在干啥。我说不清楚，我喜欢那个在河坡里的孝先。

孝先一个大踏步逼过来，大声喝道，你想干吗，你想害我？

我赶紧垂下手，我忘了他一看见人手里拿东西就紧张。

孝先，你静下来。我告诉你，在这个世界上，人都要面对很多敌人，你可以假想所有人都是你敌人，都在与你争吵，不只你同事，你老板。

你才是我敌人。

我知道你心志高远，有梦想。你看，你现在发展很好，县长信你，那些达官贵人都信你，你影响越大，我们就越可以做我们想做的事了。可如果你看见他们真的感到欢喜，你做的就不是我们想做的事了。

"做我们想做的事"，我不知道我想做什么，立阁爷，你总告诉我要"复仇"，那你的目标到底是什么？就是找出害你娘害你老婆的人吗？他们早都已经死了，你要他们的后代也死，这是复仇吗？这是丧心病狂。

不是这样的，孝先，不是这样。我想复仇，是我还想进入这个世界。我不是只为自己。

我脖子突然一阵剧痛，伤疤里的软藤嘭嘭往外炸，它们跟了我一甲子，现在全崩裂出来。我感觉脖子又要掉了，我无法呼吸。

复仇是一种狭隘的思想和行为，它会导致非理性，会使社会秩序混乱。作为上帝的使者，佛祖的弟子，我不会做这样的事情。

可你是假的，孝先，我是假的，你长老爷也是假的，我们都是假的。你只是他们的工具。他们也只是你的工具。

我不是假的！我是真的，我是真龙天子，我是龙王爷化身，释迦牟尼转世，上帝的使者，他们让我来救人。我让天下雪，天就下雪，我让人病好，人病就好。我不是假的。

我对这世界最后的印象是：孝先嘶喊着，他一个箭步冲过来，夺过我手中的骷髅头，朝我脖子挥过来。在头颅离开脖子的瞬间，空气突然灌注进来，凉凉的，竟还有些舒服。和一甲子以前的那次完全不一样。那次是热的，热血像喷泉一样，从脖子里涌出来，头和大刀还没来得及分离，血就整个儿浇了上去。这个被血淋湿的头颅，骨碌碌滚到审判台的边缘，圆睁双眼，看着那些正围着我身体疯狂殴打的人们。

我又回到了地下。

醒来的第一眼，我看到的是满世界的白色。

下雪了。没有鸟叫，没有虫鸣。静得像死一样。

我躺在黑暗的四方空间中，动了动胳膊，可以动，我的右手竟然还攥着我的骷髅头，我记得孝先拿骷髅头打的我啊，我是在哪一刻又抓住了它？我又动了动腿，也可以动，我使劲把头抬起来。我的头呢？我的颈项空荡荡的，轻得难受，阴风在身体里流窜。我蹲到地上，朝四周一寸寸摸过去，什么也没有。我又一次失去我的头了。我感觉我眼泪流出来了，右手上有什么东西滴了下来，一滴一滴，越来越多。我用左手去摸右手中的骷髅头，骷髅头满脸是泪。

骷髅头自己动了起来，它指挥我的右手，往上举，再往上举，咔嗒一下，把自己安置到我的颈项处，严丝合缝，身体里的空气被排出去了，血液在往上涌，涌到骷髅头里。我的头又回来了。原来，我看到的就是它看到的，它看到的就是我看到的，它已经和我一体了。

我感觉身体充满了力量。这是一颗年轻的头颅，冲动、鲁莽、想杀想打，想做点什么。它在等一个身体，它等太久了，我刚把它安上身体，身体就弹跳起来，大踏步往前走。

真是上天助我。没有了孝先，我也还可以。我忘了孝先是个有病的人，他是个有病的人，他对谁都过分敏感，他脑子里永远有一根弦紧绷着,他不会完全信任别人。一开始我就错了。一开始我就错了啊。孝先不是我可以依托的人。他不是,他还太年轻。他的信仰还没有完全建立,就已经被生活摧毁了。他所坚持的那一点,他所没变的那一点,正是他受苦的原因。

我不能指望他,不能指望县长,孝先一直在暗中监视我和县长的接触,我就在他灵魂之内,我没法绕过他去做事。我要复仇。和平演变从来都不是我擅长的事情,我要暴力革命。我要摧枯拉朽。我不再担心绿狮子会扑过来,我恨不得它现在就扑过来,吞没河坡,吞没烟囱,吞没寨墙,吞没村庄。我要建立一个新世界。

我走出我的四方空间。远处那一群群人还在挣扎。他们的神情更加急切。他们头仰向地面,倾听着地上那"嗵嗵嗵"的挖掘声,他们在下面叫啊哭啊喊啊,我在这儿啊,我就在这儿啊,再往下再往下一点就看到我了。他们的坟被扒开,棺木被打开,身体被那上面的亲人紧紧抱着,紧紧贴着,可是,那棺木里躺着的身体只是尸骨,没有灵魂。他们就在那尸骨下面,近在咫尺,却谁也听不见谁。

在这以前,我只能隐约听到嘈杂声。他们在我、立挺和灵子的后面,我能感受到他们那里的火堆烧得旺了,光都照到我们这边了,能听到又来新人了,他们相互打着招呼问着上面的事情打听着上面的人,有年头,来的人多,有年头,来的人少。他们住在坟园最好的位置,逢年过节,有人来烧纸,有人放鞭炮,他们议论着谁坟前的鞭炮声音长,谁面前的火堆更旺，烧的时间更长，他们很幸福，过着有人关照的生活。这些和我、立挺、灵子没有关系，和坡下合欢树周围那一片又一片的白骨没关系。我们没人问津。

可现在，他们不幸福了。他们看到了孝先，看到了我们走出去。他们有了更多的渴望，他们也想见到亲人，也想再次到他们的房屋坐坐，再次做一次父亲、女儿，再次做有权势的人，去感受支配、统领的快乐。

我要把他们解放出来。如果他们能重新回到地面，如果大地上全是这些阴魂，千百年来那些受冤屈的、被遗忘的，那些富贵之人、贫穷之人、老死之人、横死之人，都回到大地上，他们所过之处，就会是一片片废墟。到那时，他们就可以和绿狮子会合，在人间为所欲为。

我朝那面墙走过去。那堵透明的墙，隔开了幸福和不幸福、欢乐和寂寞、有爱和无爱的墙。我要打开这面墙，我要带着他们，冲向地面，像那绿狮子一样，横扫一切。

我摸了摸墙，不是土，不是砖，不是水泥，像透明的橡胶，弹力很大。你推它撞它，都无济于事，它都能吸纳。我摸摸口袋，摸到半截蜡烛和打火机。

我把口袋里的蜡烛点着，轻轻靠近那面墙。那是我看护孝先时用的。城里的电灯太亮，我总是点上蜡烛，留一点亮光，怕孝先万一醒来。蜡烛才刚靠近墙，墙就开始融化了。一点点往下滴液体。那边的人看到这一情况，赶紧跑回去，使劲扇自己面前的火苗，他们把火苗扇起来，连成一片，火苗就着风势，往墙这边刮，一直舔到墙壁上。可是，墙一点儿也没有反应，不动，也不融化。我豁然明白，这蜡烛是我从上面带回来的，只有上面的东西才能够烧融掉这墙，只有上面的东西才是实体。那火苗，那远处的树林，树林里的日头，都是映象。蜡烛融化的面积越来越大，像气体燃烧，哗过去就一大片，一个圆形的开口出现了。那对面的第一个人一步跨了过来，他紧紧握着我的手，张嘴说，立阁啊，我是……话还没说完，后面的人就拥了过来，把他压倒在地。

那圆洞变成缺口，又变成一道大门，然后，整面墙哗啦啦倒了下去，融在地上。站在我面前的，是乌压压的人，我看不到头，他们前推后拥，站在我面前，头仰着，看着我。

我张开嘴，还没出声，眼泪却流了出来。这是我的部队，他们冲着我而来。孝先啊，凡事还得靠自己，那是说我自己的，不是说给你听的。我就要上去了，我领着千军万马上去，希望你不要阻拦我，你知道我的目标，你知道我的想法，你是信任我的。是不是，孝先？

我扬起手，往下按了按。

你们想见自己的亲人，你们想上去看看，我理解你们。谁又不想再看到自己亲人，谁又不想再闻闻饭香、花香，那世间虽然有无数黑暗烦恼，但如果没有喜怒哀乐，只在这阴冷黑暗的地方虚掷光阴，又有什么意义？我告诉大家，上面变化非常大，声光电热，各种新奇东西，手机、微信、3D，你们谁知道，谁享受过？今天，我给大家一个机会，给大家走上去，看到太阳、看到亲人、再次享受生活的机会，你们要不要？

要。

那声音从很远很远的地方传过来,雷声一般,带着轰鸣和回音。

但大家得听我的。否则,谁都走不出去。那我问你们,你们怕不怕牺牲?

不怕。

你们想不想让亲人看见自己?

想。

想不想再次喝到热汤吃到热饭?

想。

那好。跟我走。我们要走出这个坟园,突破这河坡的最边缘,我们就可以看到外面的世界了。

定军山呀呀呀——
虽然年迈精神爽,杀人犹如宰鸡羊。

我带领大家,往前走。前面是哪儿,我不知道,但一定有个突破口。我保存着蜡烛、打火机,我让那些刚下葬的人都寻寻自己的口袋,看有没有纸张、棉花,有没有完整的布料、丝织,必要时我要以火来攻,只要是在地下形成的壁障,我都可以解决。离开孝先,我同样可以。我领导不了地面上的人,我一定能统治地下的人。我天生就是一个领导者,一个改革者,无论地上地下,我都死而后已。

地下的日头倒悬着,挂到了东边,那倒挂的树林,变成一团团模糊的黑色,黑的枯枝,像一把把剑,要把地下的地戳开。可惜，它们的箭头不朝上。

天快黑下来了。那意味着地上的天快亮了。得加快步伐了。

人群停了下来。有人拿拳头咚咚敲着什么。

在昏暗之中，我看到一堵墙竖在前面，拐着弯，向两边延伸，一直到看不到的地方。

我点燃蜡烛，贴近墙壁。火苗闪了一下，灭了。我又点着，把蜡烛紧紧贴在墙上，火苗闪了几下，又灭了。墙壁纹丝不动。在蜡烛闪烁的一刹那，我看到墙上那带着花纹的青砖，十字纹、六叶瓣、金凤呈祥、百鸟朝凤的，我看到那刻着人物的青砖，灵子模样的，天真可爱，立挺模样的，像一个作揖还礼的道士，还有我的，像一座凶神。

孝先。是孝先啊。他已经先我而行动了。

我的眼泪又出来了。孝先啊，你终究还是了解你立阁爷的，对吧？你提前布局谋篇，你要让我，让那些人，永远待在地下，你要恢复你心中的秩序，你是玉皇大帝，东海龙王，你是人间的守护神，可是，孝先，你知不知道，你早已被抛弃了？

我把自己的青布长袍脱下，轻轻一抖，那长袍就成了一条条碎布。那些新人脱下他们的新衣，把棉花、丝帛、绸缎抽出来，交过来。我把它们堆在青砖墙壁上，点燃打火机，那棉布、丝织物迅速烧起来，贴着墙壁往四周蔓延。没过几分钟，就暗淡下去，只剩下一堆灰烬。墙壁仍然纹丝不动。那些旧人，旧旧人，捧着自己身上仅剩的布条、珍藏的草纸，有的割下自己长长的头发，把一切从人世间带过来的、能烧的都贡献出来，堆在墙壁上。这一次，那火在青砖墙壁上留下了一丁点热度，但很快就又灭了。

那青砖瓷实、细密，用水泥接缝，一层层下砌。我找到土质最松的地方，跪在地上，拼命往下扒。一开始，墙壁只是墙体被水泥灌实，越到地下，水泥浇铸的面积就越大，然后，整座墙，墙周边的土，地上的和地下的都被封到一起了。

孝先是建了一个地下长城啊。

我抬起头，看看我的"军队"。他们有的拿着自己的腿骨，有的取下自己的头颅，朝着墙壁和墙壁下面的地，砸啊掘啊。一些人拿自己的长指甲，找地上的尖石瓦块，一点一点起青砖缝里的水泥。另外一些人排成队，旁边一个人指挥着，"撞"，第一排的人往墙壁上撞，倒下了，第二排又往前跨一步，"撞"，第二排人又往墙上撞去。有人过来把倒下的拉走，后面的人排成队继续撞。

墙壁纹丝不动。青砖缝里的水泥光滑如初。

他们头顶是厚厚的黄土，是阴阳两界难以突破的界障，在这黄土之下，又被这钢铁一般的墙壁给禁锢住了，再无半点逃脱的可能。

孝先是下定决心不让他们上去，也不让我上去。

那么，他把我的头打掉，让我不能行动，是因为他想行动？那时候，他就有这想法了？我不相信。孝先是信任我的。虽然他觉得我过于偏激，但难道不是他心中想复仇的愿望才使得我们遇到吗？肯定是又发生了什么？我要问问灵子、立挺哥，我得重新找到他们。

我必须得再上去。

为空为虚

还有人来。

那几个女居士,可能家里的饭没做,碗没刷,一早就跑过来,勤勉地服侍孝先。孝先端坐在蒲团上,入定一般,一动不动。他瘦得已经脱形,脸颊侧面有青筋弹出,脆弱得像个孩子。在丁庄所受的羞辱慢慢褪去了,他身上竟然有一丝圣洁之气,好像刚刚和上帝一起散了个长长的步,聊了无数的天,领了天籁般的教诲。

他是累极了。他的眼梢、脸色、胳膊、腿,他身体每一个部位都在告诉你,他累极了。他好像一直在和谁搏斗,在和谁辩论,在和谁较劲。他一直在想事情,可在想啥,我说不清楚。我只知道,那肯定是个重要的决定。

人多的时候,孝先睁开眼睛,看着眼前的人,说,有一天,释迦牟尼突然离家出走,在菩提树下修行,终于看到了众生,耶稣钉在十字架上时,没有愤怒,内心愉悦又怜悯,他为众生,众生即他。你们来这里,就在赎罪,就可以获救。

他知道自己说的是啥吗?可他的表情看起来是真的,仿佛一个疲倦之极的孤独旅人,终于面对人群,把一辈子游历、磨难和沉思所悟得的真理告诉大家。他并不领受大家的目光。他拿一个人的生辰八字,讨论蹇命的形成、气的改变,他讨论上帝如何惩罚恶人,听的人不寒而栗,却又觉得平静异常。

他问我，长老爷，什么是宽恕？不待我回答，他自问自答，宽恕就是遗忘。什么是慈悲？慈悲就是和稀泥。有人笑出了声。孝先看着那人说，和稀泥就是不折断，就是不要较真，不要想着自己是在追求真理，一旦折断，你就永远回不去了。那人就不笑了。

我担心的是孝先折断。他一直在钻牛角尖。他看事物过于本质。你们中间谁没有罪的，就朝她扔石头？人们听见这话，就一个个出去了。孝先想要一个无罪之身，这本身就是僭越。

我们住在一栋旧楼里。

从省城回来，我们在一个叫丁庄的村子待了一段时间，才被重又出现的县长接到这儿来。

县长消失一段时间，又安安全全回来了。这世道，我真看不懂了。一县之长，说不见就不见，说回来就又回来了。

我看着窗外。

雪一直在下。五天，七天，还是十天，我想不清楚了，反正无休无止，无日无夜。我感到我正在远离自己，往虚空处去。

县长顶着雪，快步穿过院子，跑到楼道下，顿着脚，用力拍打身上的雪。他的秘书跟在后面，一直在和他说话。县长抬起头，望着天，眉头紧锁，盯了好一会儿，好像下定决心，转身上楼。秘书仰头往我们这边看了好一会儿，转过身，朝楼道口的一个篮子踢过去，也跟着上楼了。那篮子骨骨碌碌滚到雪中，被雪粘在那里，一动不动。

县长来得少了。我听那些居士们闲聊说,福佑寺被查时,他让手下偷偷送信给在省城的孝先,让孝先再在省城待一段时间,没承想,手下把他给出卖了。好在,调查组领导把事情压下了。调查组领导先前被县长带来见过孝先,领导的母亲后来也来过。调查组领导的母亲非常喜欢孝先,把家里最好的翡翠玉佛送给孝先,又心疼他瘦得可怜,隔一段时间,就着人送来人参、鲍鱼、燕窝各样补品。我们回县城住下不久,她就来了,带着和她一样贵气的女人,一拨拨地来。她向她们介绍孝先,说他是几百年难得一遇的高士,既能通天地,又能达鬼神,奇就奇在他虽然精神偶尔糊涂,但每糊涂一次,天眼就又开得更深一些,所以,你不能说他是糊涂,他是去和神仙、妖魔鬼怪交流去了。每和人说到这儿,她都要上指指天,下指指地。我一看她捣天戳地,就一阵发晕,心揪得直疼。

那些女人带着礼物来,又往茶几下面的横挡上塞些钱,虔诚地让孝先上师给她们算算自己丈夫的运命,有啥办法再往上走。夜深之时,孝先就把钱拿起来,一张一张数,拿橡皮筋绑起来,塞到他屁股下面的蒲团里。那些白玉佛、金观音、文房四宝,连不值钱的烟酒、水果、点心,他都会一样一样清点,把它们收起来。过几天,就让那个不爱说话的居士把家里的三轮车蹬过来,一样一样盘点好,让那居士到小卖部卖掉。

县长推开门,一股冷风扑门而入,几片雪花也飘了进来。

孝先微微睁眼,身子在蒲团上动了动。

县长照旧坐在孝先对面的矮椅上。他看看孝先,眼神闪了几闪,手狠搓几把脸,拿起茶杯喝口茶,嘴巴张了几张,又合上。他的眼神闪烁不定。想说啥话,又说不出口。想干啥事,又于心有愧。

他把头往孝先面前凑了凑,低声说,孝先师,在省城那次你进医院可把我吓坏了,要不是他们一直跟着你,抢救及时,都不知道会出啥事。

这话他说了无数遍了。

孝先把茶杯往县长面前推了推,说,谢谢。

后来出院了,你不让人跟了,我想着你要静养,就让他们回来了。你看你也没照顾好自己。一个村主任竟敢羞辱你,我已经把那村主任撤了,骂了我的那些部下,我就一段时间不在,就出了这么大的事儿。

孝先没有说话。

孝先师,只要有我在,你就放心,不会再出现丁庄那样的情况了,绝对不会。对了,立阁爷这段时间怎么不见说话了?

县长稍稍停顿片刻,低下头去,又抬起来,面露哀色,说,你也知道,我父亲在我很小时候就去世了,我连他长啥样都没见过,这些年我的心愿就是想见见他,哪怕一面也好,我还想问问他有没有见过我大哥,他失踪多年,活不见人,死不见尸,实在是放心不下啊。我是想,你是咋和立阁爷他们见上面通上话的?我就想见老爷子一面,也问问我哥去哪儿了。孝先师,你也看见了,外面都闹翻天了,要不是我压制着他们,这地方估计也住不成了。

孝先抬起眼睛,看一眼县长。

县长躲过孝先的眼睛,端起茶杯,喝了一口,说,哦对了,孝先师,你到省城就没多见几个朋友,聊聊天?你给我个名单,我这两天要到省城出差,我去找他们,带他们回来和你叙叙旧。

秘书不知道啥时候站在了县长身后,听到县长说这话,从公文包里拿出纸和笔。

县长接过纸笔,站起来,微微弯腰,双手递给孝先。

孝先面色平静,接过纸笔,把纸铺在茶几上,用紫檀镇纸压好,拿起毛笔。

孝先不要写,不要写啊,永远不要写别人的名字。我朝孝先撞过去。我要把他撞倒在地,我要夺过他手中的纸和笔,把它们都扔到雪地里。

我的身体从孝先身上穿过去,一下子就飞到墙边,骨头哗啦啦散了一地。孝先纹丝不动。我太瘦了,没有重量,也没有力气。我收拾下骨头,站起来,转过身,再努力撞回去。我要趴到茶几上,挡住孝先手中的纸和笔。

孝先,不能写,笔一旦落下,名字一旦写出,你就不再是你了。你就是撒旦的人了。

哦孝先师,不是写你朋友的名字,是想你写个方子,咋能见到我家老爷子一面,我保证会按照你写的去做。

孝先没有答话,专心运笔。

我扑到茶几上,看见一个"○"正出现在孝先笔下。

孝先放下手中的笔,举起纸,眯着眼睛,端详一番,感觉好像不太满意。他放下纸,从茶几右边的毛笔架上选支他日常用的芝兰图毛笔,从几个砚台中选出澄泥砚,倒上墨。秘书赶紧蹲下来，半跪着，给孝先磨墨。孝先有很多高级文房四宝，都是那些居士和信徒送的。

孝先屏息凝神，悬腕垂手，开始写。一个两个三个，空一格，再一个两个三个，又空一格，孝先笔下的"〇"一个比一个好，一个比一个圆，一行，两行，一行行均匀整齐。半个时辰过去，终于，整张纸写满了"〇"。

一个个"〇"圆的，空的，严严切切，又实在，又虚空。实在的虚空，虚空的虚空，凡事都是虚空。我放下心来。

孝先把纸叠成四折，递给县长，捂住嘴，低声说，这些人都是我朋友，他们已经到外太空了，正在寻找新星球，末日到了，黑林子也不行了，我们得转移到外太空去。他们先去，打好基础，开垦农田，建造房屋，到时，我们就可以过去了。

县长脸上的表情像暴雨快要到来，他紧咬嘴唇，血从里面慢慢浸出来。

孝先看着他，说，你最近要有大难。左青龙右白虎，你不是青龙也不是白虎，两边不靠。看似都亲又都不是人家亲信，关键时刻人家不会帮你。你必须得表态站队，但是，站错了就有可能是灭顶之灾。所以，你得先发制人，兵行险招，出其不意抓住人心。

县长急切地看着孝先，等孝先继续往下说。他把手里的纸交给身后的秘书，秘书小心翼翼地把它装回到公文包里。

我们有现成的黑林子啊。让里面的人搬走，转到另外的地方。黑林子身处河湾，依水傍坡，可建造高档小区，沙土混合适宜种瓜果花生各种经济作物，树林里面植被繁多，可造生态园林。先把方案做出来，住宅预售，园林、菜区也可预售，划片承包，先到先得，制造抢购气氛。现成的桃花源，挪亚方舟，多好啊。

我恍然听到了立阁的声音。立阁，不，孝先声若洪钟，给县长描绘了一幅灿烂图景。天堂也只如此。

孝先顿了顿，脸上带着一丝微微的笑意，声音更加高亢，说，"人类最后的诗意栖居地"，把它作为楼盘的广告语，怎么样？诗情画意，有一点末世的悲悯，最关键的是，里面暗藏着信息：这是最后一块地了，再不买就没了，桃花源被别人抢走了，你的生活还有啥意义？所有的昨日都是明日，所有的明日也都是昨日，今天看到的都是昨日所做的，而明日形成的也是今日所做。不在沉默中爆发，就在沉默中灭亡。黑林子已经沉默一甲子了，也该旧颜换新貌了……

孝先突然停住，身体顿了下去。他团坐在蒲团上，闭上眼睛。他又像个疲惫的孩子了，严酷的风霜雨雪正往他身上打下烙印。

屋里很静。静得像又回到黑林子的地窖中，能听到灰尘移动的声音。

孝先袖着双手，眼睛闭着。他不提省城，不提娟子，不提灵子。谁也不提。那些居士每天还来，她们悄悄做饭，悄悄打扫卫生，也不敢让孝先给她们读书，更不敢和他聊天了。

隔上几天，县长就会过来。他东拉西扯，问孝先天文地理，故事旧闻，感叹孝先得天地之灵气，又说自己深困其中，虽有孝先师相助，终不能亲临其境，随时解难。说到此处，孝先总是微闭眼睛,沉默不语。

县长有时会派人来接孝先出去,孝先从不拒绝。别的一些人来叫他,他也出去。他不带我和灵子,大多一个人出行,就好像我们不存在了似的。回来后,掏出口袋里的钱,认真数数,记在本子里,然后把钱藏到他的蒲团里。

那次不太寻常。县长把孝先接出去,又派人进来收拾他的行李,拿了换洗衣服,还把孝先最喜欢的笔、砚也装了进去。他们要带孝先去的地方有多远,还需要住下?

临出门之前,孝先回过头来,看了看我和灵子。灵子背靠着墙角,她对她孝先哥哥不满意有一阵子了。

孝先转回过来,走到灵子面前,俯下身子,轻声说,灵子,我的好妹妹,不久之后,你就可以回河坡了。

他又看向我,眼睛里很有深意的样子,嘴唇动了动,什么也没说,回身走了。

他不再想着我们了,他也不需要我们了。我的身体越来越轻,一切又变得模模糊糊,我想起这个忘掉那个,不知道自己在哪儿了。孝先带着我们在村子河边走的时候,碰到过那些发传单的妇女。我看见她们,在胸前划个十字,说"神爱你们",可我竟然有一点厌恶。我厌恶她们,厌恶说那些废话。上帝啊,我这是咋了,我这是完全堕落了。他清楚我所想的,所以他不来接我。也好,就让我烂在这人间,烂在黑林子。

那一次,县长没和他一起回来。孝先回来时,看我一眼,和他走时看我的眼神一样。他走时我没明白什么意思。现在,我明白了。

孝先终究是孝先，不是立阁，也不是我。他开始行动了。他不会让秩序混乱，不会让洪水再次来临。他要做一次那人做的事情。

我感觉眼窝湿了，我的老脸又疼又痒。我哭了。

即使是上帝不来，即使那最后的结局不是孝先所想的，我也没有遗憾了。

困于金车

你瞧那雪，多大啊。一片儿一片儿砸在地上，砸到我身上，软软厚厚的，舒服得很。合欢树上的鸟窝成大圆球了，东边树杈一个，西边树杈两个，树顶三个，低处又几个，都圆茸茸白乎乎，好看得很。可突然咔嚓嚓几声，树杈被压断啦，鸟窝呼啦啦掉下去，掉到雪里，找不见了。

河坡变成一条白色的大被子，路啊，树啊，沙地啊，小茅草屋啊，都被盖住了，看不见了。再往远处看，就看见热气腾腾的大河啦。雪下到河上，直接变成雾，变成热气，浮在上面。河坡就像仙境了。

一回到河坡，我就看见立阁爷爷。他躺在他的四方小屋里，一动不动。我喊他，他也不理我。我埋怨他不管孝先哥哥，不管我们，自己一个人回来享福，他居然还不理我。我又和他讲我们在花婶丁庄村的事情，我说立阁爷爷，要是有你在，他们就不敢欺负孝先哥哥了。

立阁爷爷那里传出一阵阵抽泣声。我才看到，他的头变了，他手里的骷髅头立在他脖子上。

立阁爷爷，是你吗？你到了哪儿，不管我们了？我哭了起来。

是我啊。立阁爷爷声音很低。他好像受了很大的伤，动都不能动了。

立阁爷爷，你不管我和长老爷爷，孝先哥哥也不管我们了，我和立挺爷不知道过了多长时间，才回到这河坡上。

立阁爷爷只是哭。他脑子不清楚了，一会儿大声喊，小心后面，小心烟囱，一会儿又大叫，狮子来了，狮子来了啊。他头上安着别人的头，两个头的记忆混在一起了。

每天早上，我喊完立阁爷爷，又喊长老爷爷。我怕立阁爷爷睡过去，再也醒不过来，我怕长老爷爷等不到上帝来接他，他上一辈子没等到，这一辈子再等不到，他就要到十八层地狱了。要是我长老爷爷都要下地狱，我就永远也不"忍耐慈悲"了，我就永远也不想见上帝了。

那几棵大蒿草，天天缠着我，扭着斜着，要把根须子伸到我心脏的最中间处，它们不知道我疼，铆足了劲儿往下扎，要把我骨头扎烂、炸开，再往地下钻。

我咋惹你们了啊，小鬼头，你们这样待我，我疼啊，你们知道我疼不？

灵子不疼，灵子在逗我们玩，对吧？

不是逗着玩，是真疼，你们占住我的地儿了！

灵子，这地儿也是我们的地儿啊。中间那棵还刚刚长出胡须的蒿草抢着说，再说，你没来时我们的祖先就在这儿啊。

谁的祖先来得早还不一定呢。有人就有尸骨，有尸骨就有去处，难保你祖先不是靠我祖先生长呢。

所以啊灵子，你看，现在不还是一样吗？那小鬼头又用根在我心脏上戳了戳，说，我们谁也离不开谁。

我疼得倒吸一口气。血中取血，肉中噬肉，才能你中有我。长老爷说的"爱是忍耐"是不是就是这意思啊？好吧，那我就尽量放松身子，放出更宽的缝隙，好让它们穿骨而过。

我想孝先哥哥。

那时候他多帅啊。他穿着西服，不停拿小镜子梳头发。他眼神慌乱紧张，又很伤心，他不和我对看，不和立阁爷爷、长老爷爷对看，他连眼前的合欢树、松树、蚂蚁草、蒿草都不能对看。我想抱住他，我一想到要紧紧抱住他，身边的半枝莲、指甲花、鸡冠花、牛筋草的叶子就轻轻抖着，它们的枝子和花儿就像被我身上的啥东西吸住，慢慢朝我这儿斜，日头的热焰经过我，突然被一股子旋流吸住，飞不走了。河坡里白雾正升起来，漫过整个河湾，树林、小路、房子，还有对面的绿狮子，都看不见了。雾进到我身体里面，清凉凉，我身体慢慢伸展开，我感到身上的能量一点点增强，我变高了，变强了，我俯身看着孝先哥哥，瘦弱的、孤单单的孝先哥哥，我爱上他了。我爱上他了。长老爷爷一直在告诉我啥是爱，我想不清楚。我感受不到。我看着孝先哥哥，我一下子就明白了。爱是你看着他，你想哭又想笑，你只想抱着他，让他静下来。

我想抱抱孝先哥哥。让他安心，让他放松。

他们都不理我。平时,他们都说喜欢我,可他们一思考事情,就都把我忘了。他们说我是孩子。

在省城时,我看到立阁爷爷和孝先哥哥吵架了。孝先哥哥像个疯子,夺过立阁爷爷手中的骷髅头,就朝立阁爷爷的头砸过去。我吓得尖叫一声,晕了过去。等我再醒过来,立阁爷爷就不见了。

那个我们刚来省城就寸步不离跟着我们的人又来了。我不喜欢他一身的黑衣服,不喜欢他干大事业样的那副无表情脸。我几次逗他笑,他都不理我。他又来干啥?又要监视我们?孝先哥哥生病,梦里提到他们还浑身发抖。

那黑衣人弯腰附在孝先哥哥耳旁,轻轻说话,然后直起身子,对孝先哥哥说,火车票已经买好,你们今晚就回穰县。

我高兴得想跳起来,我早就待够了,可看到孝先哥哥的脸,我又不敢动也不敢说话了。

天才刚刚亮,孝先哥哥就拉开卧铺车厢的门,去洗脸池那里认真洗脸梳头,对着镜子照很久。他坐在车厢过道的小凳上,看着窗外,隔一会又站起来,来回走动。我望望窗外,田野是灰色的,树是枯的,它们一闪而过,连啥树都看不清楚。

咣当咣当,车慢慢停了。穰县到了。

我一路小跑。我要跑到孝先哥哥前面去,帮他挡住那些疯狂的人。他离开穰县的时候,衣服差点就被撕破了。

没有人。

我们站在候车大厅。那些来来往往的人,头都不抬,匆匆走过，不断有人进来，有人出去，有人擦过孝先哥哥，差点把他撞倒。可就是没人朝我们看一眼。

那不是花婶儿吗？大厅门口进来一个人，朝我们这边张望。

花婶儿啊，你咋来了？

我一步冲过去，拉住花婶儿。花婶儿上下打量着孝先哥哥，眼泪唰唰往下流，说，咋瘦成这样，瘦成这样啊？比在河坡还要瘦，这是咋回事啊？

她拉住孝先哥哥的手往大厅外面走。她说，可多人知道你今天回来，可他们不敢来，他们说县长已经消失三天了，说福佑寺出问题了，可能孝先上师也会出问题。我说，我们孝先上师不偷不抢、不贪不占，会出啥问题。我就来了。

花婶儿带我们到火车站外面的一个拐角处，那里停着一辆破旧三轮车。花婶儿说，孝先上师，不好意思，让您走远了。您先到我家将就一段时间，等风头过去了，再说。

孝先哥哥没说话，拉住花婶儿的手，跨上三轮车，坐在里面的小塑料凳上。花婶儿拿一床蓝花玉色底的崭新棉被盖在孝先哥哥身上，四处掖紧。她说，抱歉得很，孝先上师你得受会儿冻，我家离火车站还有一段距离。

三轮车在路上慢慢走，一辆接一辆车从我们身后窜过去，留下一股又一股汽油味儿，呛人得很。花婶儿肥胖的后背一颤一颤，腰弓着，使劲往前蹬。

经"穰县大粮库"，过曲星乡的"V"形大拐弯，进庙湾的"U"形沟路，花婶儿上不去了。三轮车进一步退两步，有几次差点又回到沟底。孝先哥哥头缩在被子里，一动不动。我说，孝先哥哥，花婶儿蹬不动了，车要翻了。孝先哥哥回过眼睛看我，他眼睛里有亮晶晶的东西。他在哭。孝先哥哥在哭。哭得凄惶、可怜，我哭的时候妈经常这样说。

灵子，你不知道，你还小，你不懂。

我知道，我啥都知道，孝先哥哥。我知道没人管没人爱是啥样子。不会总这样的，孝先哥哥，立阁爷爷都说了，你是帝王之相，必成大材。

我才刚说出"立阁爷爷"四个字，孝先哥哥的眼泪又涌了出来。

前面的花婶儿"啊啊"叫着，三轮车像个滑车一样，哧溜溜往后退。孝先哥哥跳下车，跑到花婶儿前面，扶着车把手，和花婶儿一起，往前推车。

三轮车终于爬上大坡，前面就是吴镇了。孝先哥哥直起身子，和花婶儿一起往前走。我跑过去，拉着孝先哥哥的手。我们一起往前走。

又看见宽宽的、弯曲的大河了，它一直在跟着我们。它隐在树林子、村子、土堆后面，一路跟随，快到吴镇时，它才露出真面目来。我高兴得要叫出来，就要回河坡了，又要见到我的小伙伴们了，快想死它们啦，也不知那些忘恩负义的小东西们想我了没。

花婶儿家在丁庄，离梁庄不远。她不说送我们回梁庄，也不说送到河坡，她直接带我们到她家。孝先哥哥沉默不语，可我看出他很激动。不回也好。他没在河坡过过冬天，他不知道大风来时地动山摇的感觉，不知道寒冷到时浑身僵硬的样子。

有人在村口张望，看到我们出现，飞一样往回跑。一会儿，各家门口都站满人。花婶儿昂着头，谁也不看，使劲蹬车，孝先哥哥走在旁边，眼睛低着，肩膀挺得直直的。我舞着小棍子，啪啪啪打地上的泥，我想挑起泥里的小蒺藜，甩到那些人的眼睛里。

经过漫长的荆棘之路，比从火车站到这里还远，终于到了花婶儿家。长老爷爷给我说过无数次"荆棘路"，直到今天，我才算明白它的意思。

花婶儿推着三轮车，进了院子，转身把门锁上，长长出了一口气。

花婶儿院子里不是水泥地，她只在院中间铺一道砖路，两旁是一畦一畦菜，一畦是菠菜，趴在地上懒洋洋的，霜打之后，它们就不长了，一畦是香菜，绿油油的支棱着叶子，一畦里面壅的葱、萝卜，其他几畦，土也翻得平平整整。

花婶儿打开门让我们进屋。真暖和啊。堂屋角落有一个煤炉，煤炉上竖一个铝皮做的暖气管道，暖气管道是全新的。花婶儿专门为孝先哥哥准备的啊。房子里没多少家具，可干净、整洁，舒舒服服的。我喜欢啊，我喜欢这样的家。

院子外面有嘈嘈杂杂的声音传过来，像雨在乱风中飘，来回旋，又像蚕宝宝吃桑叶的声音，沙沙沙沙，响动虽小，却铺天盖地。花婶儿站在院门口，侧耳听一会儿，打开门，人一下子拥了进来，后面拥着前面，前面人又不肯往里走，就霸在门口。

你们干啥？

没有人应她。人们伸着脖子，一个劲儿往屋里张望。

走，都赶紧走。花婶儿使劲往外推人，生气地说，去接的时候谁都不敢去，接回来你们又想看，也不嫌脸红。

又不是你的，你在这儿护啥护？有人在人群里低声嘟囔。

不是我的，那你领走，住你家去，谁要是愿意，现在就领走。花婶儿高声喊着。

没人应她。

有人扭转身，走了。有人袖着手，又站了一会儿，也走了。

花婶儿关上门，回到屋里，气哼哼地说，那些人，看人笑话最带劲儿，求你的时候就又变脸了。

我们在花婶儿家住了下来。孝先哥哥每天打坐看书，晌午日头好时，就在院子里来回转圈，要么坐在小凳子上，靠着山墙晒暖儿。我就蹲在那几畦菜地边儿，研究菜地里的小虫小草。香菜叶儿上的小虫子，咋逗它们，都一动不动，装死装得够实在，我就一直盯着，哼，论定力谁都不如我，我从小就在槐树下练。

总有些好奇的人，假装来花婶儿家借这借那，来了就东张西望，看在院子里走动的孝先哥哥，再不是，就直接往堂屋里闯。孝先哥哥不怕他们，他像没看见他们，眼垂着，安静地看书，或者，睁着眼睛和那些人对看。他看有些人，皱皱眉头，啥话也不说，又低头看书。那被看的人一阵惊悚，不自觉低头看看自己，又摸摸自己鼻子、脸。有个老头一走近孝先哥哥，孝先哥哥脸上的颜色就变得白惨惨的,他捂住鼻子,闭上眼,不看他。那老头第二天又来,专门站到孝先哥哥旁边,看他的表情。孝先哥哥眼睛连睁都不睁。

来的人越来越多。花婶儿只好又关上门。

有人站在门外,喊花婶儿,玉芳啊,玉芳,让我进去吧,你忘了,你婆妈不在时是我帮忙招呼村里人的,要不是,你婆婆连葬都葬不了。

玉芳花婶儿满脸通红,隔门答道,快别说了,我要是不给你钱,你能来吗?你钱也收了,也答应来了,中间你又撂挑子非让我加钱,这是你一个叔字辈干的人事吗?

那门外的人不吭声了。

过一会儿,那门外的人又喊,玉芳啊,你不看我的面子,你看你大娘的面子,山子和娃儿不在时,你大娘可是见天陪你,你忘了你天天眼都哭成肿泡子。

花婶儿的眼泪又哗哗哗往下流,她说,叔啊,你还有脸说,你早就知道山子和娃儿不在了,你都不和我说。那么两个大活人,你亲侄儿亲侄孙儿,你都没想着让他们早点落葬,不做那孤魂野鬼,这是你当叔的做的事儿吗?

门外的人不吭声了。

隔了两天,那人又在外面喊了,玉芳啊,你把门开开,咱们商量商量。

花婶儿不应他。

你看这样行不行。那人凑到门口,压低声音说,玉芳,我给你两百块钱,你让上师给我算算。

孝先上师身体不好，现在不算了。

那就三百，你让他破个例。再说了，大家都知道县里出事了，他才来这里避风头。

花婶儿把门打得啪啪响，愤怒地说，你这老家伙，你是威胁我，威胁孝先上师，是不是？身正不怕影子斜，又怕啥？

那人说，那不然就五百块，你看，快过年了，你养这么个人，好吃好喝，你也不能坐吃山空，是不是？

花婶儿说，你快走吧，就是要谁的钱，也不会要你的钱。

那人走了。

到夜晚上，花婶儿坐在炉子旁边，捡小米里的小虫，一个个白胖胖的小虫在小米里爬来爬去，花婶儿轻轻叹了一口气。

第二天，那人又来了。

他在外面喊，玉芳啊，我把我的棺材本都拿来了，一千块，就只有这么多了，你就让孝先上师给我看看，只看一眼，我把他供起来。

花婶儿没有吭声。

孝先哥哥说，花婶儿，把门开开吧。

花婶儿吃了一惊，又像是一直在等这句话，她看着孝先哥哥。孝先哥哥朝她轻轻示意一下。花婶儿走到院门口，把门开了一个小缝，那人把一叠钱塞进来。花婶儿数了数，装进口袋里，把门打开了。

就是孝先哥哥捂住鼻子不愿看的那老头。那老头坐到孝先哥哥面前，仰着头，虔诚地看着孝先哥哥。他换了干净衣服，头发也新理过。

孝先哥哥说，你是不是有个儿子在南方打工？

那老头说，是啊，在青岛。

他是不是老咳嗽，有时还带血，吃不下饭？

是啊，是啊，有一年多了，一直在治。医生说过于劳累，啥免疫力下降。

你让他回来吧。再不回来就没命了。他是中毒了。

那老头瘫坐在地上，不会动了。过一会儿，他张着手，去抓孝先哥哥的手，眼泪鼻涕一块儿往下流，他哭着说，上师啊，你一定要救救我儿子，我就这一个儿子，他老婆才刚生了娃儿，他要是死了，我们可咋办啊？

孝先哥哥说，可能已经晚了。你先把他叫回来，赶紧去看病。你去你家坟上给老祖宗烧烧纸，你太长时间不去了，他们都在怪你了。

好，好，好，你要是见到我祖宗就给他们说，我拼老命也要把我儿子治好，张家不会在我这儿断根儿。那老头倒退着，抹着泪，走了。

第二天，花婶儿上街赶了集。晚上我们吃了鲜肉饺子、小葱拌豆腐，还有一锅炖牛肉。

第三天，那老头又来了。他跪在孝先哥哥面前，哭着说，我去给老祖宗烧纸了，那纸在天上旋啊旋，一直不走，他们是想见我啊。孝先上师，你生个办法，让我见见老祖宗，就见一面，我把我房子卖了，钱都给你。

孝先哥哥闭着眼，不回应他，脸上没一点表情。

花婶儿把他撵走了。

花婶儿家的门越闭越紧了。那些想来看的人就隔着门喊花婶儿，花婶儿总是在他们来几次之后，价钱提了几次之后，才开门。有时，一天内花婶儿就要放进来七八个人。孝先哥哥一个个给他们看，有时就只是聊聊天。那些来的人都提心吊胆，好像有鬼已经掐住他们脖子，孝先哥哥几句话就能把鬼赶走一样。

花婶儿买了电视、冰箱，又买了沙发、大立柜。有一天，她从外面带一群人回来，拉了水泥沙子，把院里的一畦畦菜割掉，把地平了，抹上水泥。把青砖院墙也用水泥抹平，花婶儿的院子就成水泥院了。小虫虫、草根、菜苗吱哇乱叫，没人理它们。

我听到有些人低声骂花婶儿，说她见钱眼开，把上师看作摇钱树了。有人说，谁都没她精，她早就算好这一步了。

花婶儿听见了，扭身骂那些人，说，现在你们眼气了，老娘蹬着三轮爬坡时，你们这些龟孙子在哪儿呢，一个也不见！

花婶儿对孝先哥哥说，孝先上师，我只是想改善下你的生活，天怹冷，我这破屋四处漏风的，你看，这剩下的钱我都包好放起来了。

她把钱从柜子最下面的抽屉里拿出来，放到孝先哥哥手里。孝先哥哥握住花婶儿的手，又推了回去。

那一天下午，花婶儿放进来了两个人，他们说他们是兄弟，想一起算算命。他们给了花婶儿两千块钱，花婶儿把钱收了，高高兴兴把他们放进来了。

他们坐在孝先哥哥面前，眼睛却四处看。

外面又有人想要进来，花婶说，不行啊，里面已经有人了。

那外面的人说，我的亲花婶儿啊，外面太冷了，我们就在院子里站着，等他们算好我们再进屋。

花婶儿说，不行啊，孝先上师说他不想人太多。

那人说，花婶儿，我多给你五百块，你就让我们进去吧。

花婶儿把门开了个缝儿，外面的人使劲一顶，门被撞开了，两个人冲进来，花婶儿四仰八叉摔倒在地。

花婶儿从地上爬起来，大声喊着，你们要干啥？

你说要干啥？好事你都一个人占着，钱你一个人赚，凭啥？孝先上师不是你的私有财产，我们今天来就是要带他走的。

花婶儿说，不行啊，不行，孝先上师哪儿都不会去的。他不会跟你们走。

行也得行，不行也得行。那冲进来的人说。

坐在孝先哥哥对面的那两个人站起来，架住孝先哥哥的胳膊，像架飞机那样把孝先哥哥架起来，飞一般往外跑。

花婶儿从地上爬起来，抱住其中一个人的腿，那人朝她狠狠蹬了一脚，跑出了门外。

我拼命跑，我要跟上他们，我要救下孝先哥哥。我听见孝先哥哥颤抖的声音，你们要干啥，要干啥，你们这群强盗。

孝先哥哥双腿巴地，胳膊拼命往外挣。他太瘦了，他夹在两个大汉中间像张纸片，再挣扎就碎掉了。

孝先哥哥说，你们放下我，有什么话好好说。你们这样会遭报应的。

他们不回答孝先哥哥，一个劲往前跑。

他们连一口气都不歇，一直跑到村子的另一头，进到一个大院子里，这才把孝先哥哥放下。

孝先哥哥浑身抖得厉害，脸白得像刚钻出云彩的大月亮，眼泪不停往下流，他抬了好几次胳膊，可胳膊一直在抖，咋也抬不起来。

孝先哥哥别哭，别哭啊，不能让他们看见你的眼泪。我要擦去他的眼泪，我要让他的脸干干净净，像雨洗过的大月亮。

一院子的人。他们盯着孝先哥哥。

真是孝先上师啊。有人惊喜地喊着，使劲往前凑。

越来越多的人拥过来，围着孝先哥哥。

我握住孝先哥哥的手，在心里说，孝先哥哥啊，不要抖，不要哭，腰挺起来，别让他们看出你怕他们。

一个肥壮男人从屋子里走出来，人群闪开一道缝。那肥壮男人几步走过来，双手伸出，一把攥住孝先哥哥的手，狠狠晃着，哈哈笑几声，说，孝先上师好啊，早就想让你过来叙一叙了。

那肥壮男人攥着孝先哥哥的手，把他拉到屋子里。屋子里灯火通明。靠墙的柜子上摆着菩萨、金刚像，前面供着香炉。

肥壮男人说，孝先上师，别担心，我是丁庄村的村主任。花婶儿是敬酒不吃吃罚酒，她把你当私产了，那是绝对不允许的。现在提倡的是共同致富，她思想太落后。你以后就住这里了。我们村委会已经开会讨论过，成立一个"弘扬传统文化有限公司",有专门一套班子管理。接待、财务、宣传各管一摊儿,各司其职,你不用操心其他事,就专心修炼,专心弘扬传统文化。

好啊,村主任说得好啊。外面响起雷鸣般的掌声。

孝先哥哥坐在屋子中间那张大红沙发上,看着眼前那肥壮男人,看了好一会儿,歪头倒下,闭上眼,睡觉了。

他就一直躺在这沙发上。有人把饭端来,他坐起来,吃完,就又躺下。有时,他在房间里转圈,一连几天不吃不喝,他双手不停地绞,嘴抖得像风中的合欢树叶,停不下来。

我叫他,他转头找我,却咋也看不见我。我拉他的手,摸他的脸,他也一点反应也没有。

我听见花婶儿在门外哭喊的声音,她说,你们要把孝先上师圈起来,他是个人啊。

门口的人叫她滚,说,别在这儿假惺惺了,你不是也把他圈这些天了?你发财发美了,也该别人发发财了。

花婶儿的哭声远了。

有人请示那肥壮男人,说孝先上师不吃不喝,也不好好执业,咋办?

那肥壮男人挥挥说,那也要上岗,你只管卖票,让人进来,他们能看孝先上师一眼也是造化,那一百元门票钱也就值了。

他们在房子前面围一个木栅栏,把房子的窗户破开,改成一个落地的玻璃大窗,这样,来参观的人就能隔着栅栏看孝先哥哥了。他们看孝先哥哥睡觉、吃饭,看孝先哥哥在笼子里转圈。有人不甘心，隔着栅栏大声喊，孝先上师，给我看一眼吧，我家今年厄运啊，我拜过菩萨，拜过关云长，拜过玉皇大帝、土地爷，都不行。有人说，孝先上师，我闺女生孩子，大人孩子都没保住，这是咋了？有人说，我做生意做了三十年，到头来两手空空，我这是倒了啥血霉了啊。他们说着哭着，喊着孝先哥哥，让他救他们。

有人隔着栅栏甩进来金项链，甩进来一百元的大红钞票，甩进来水果、油条、巧克力，甩完之后，就在栅栏外面跪下来，把头磕得嘭嘭响，让孝先哥哥保佑他。后面就有人学着，也扔进来金镯子金戒指，扔进来一百两百的钱，在外面磕着头，让孝先哥哥保佑。

一到晚上，就有人打开栅栏，进到屋里捡钱，有人拎着个黑包，在一旁清点、入账，苹果、橙子、馒头也被捡走，大家到院子里分，各人带一些，高高兴兴走了。第二天，就有新的钱、新的项链、新的苹果扔进来了，有时，那些苹果、橙子直接砸到了孝先哥哥身上。他们是故意的，他们想让孝先哥哥看他们一眼。

那肥壮男子每天晚上都过来，盘腿坐在孝先哥哥对面，有人端来鸡鸭鱼肉各种菜，摆满一桌。

那肥壮男人给孝先哥哥倒杯酒，又自己倒满，嗞一声，喝下去，又连倒两杯，嗞嗞喝光，嘴里说，孝先上师，先干为敬。

孝先哥哥坐在沙发上，垂着眼睛，拿起酒杯，一饮而尽。那肥壮男人又倒上，孝先哥哥又喝光。

上师是海量啊，咱俩倒是可以拼一拼，来，走一个。杯中酒一碰，咱们今后就是兄弟了。

那肥壮男人举起杯，要和孝先哥哥碰杯，孝先哥哥垂着眼睛，端起酒杯自己一口喝掉。

上师别以为我们是俗人，啥都不懂。啥都懂着呢。落毛的凤凰不如鸡，你再通天，能跑出这小屋的屋顶？你不给大家看命，大家就来看你命，你说，到最后，人们还信不信你这算命的本领？我在这里拍板，这个有限公司你是最大股东，干股，你只出人，出技术，其他一切俗务，都由我来管，钱，三七分，二八分也成，我二你八。不过，有件事你得给我交个底，你到底是咋看见咱地下先人的？听说你是被埋到坟下面三天，出来后就啥都能看见了。不瞒你说，我也试过，别说三天，三分钟我都上不来气了。

孝先哥哥的脸红得像泼了血，头一歪，又倒在沙发上，睡着了。他能睡一整天，任凭人们怎么叫，怎么喊，怎么扔他，他都醒不过来。

那肥壮男人晚上再来时，就不让孝先哥哥喝了。他说，上师，刘备三顾茅庐请诸葛亮，我是天天来，好酒好菜，以礼相待，你也该感动了吧。只要你说出来，我就放你走。

孝先哥哥的头发和胡子长了，长袍的棉絮又露出来了。有人要给他修剪，要给他换衣服，他又踢又打，不让人家碰他。

那肥壮男人说，先礼后兵，我这礼也算做到了，好坏不听，那只好来硬的了。过来几个人，把上师按住，把他头发剃了，脸洗洗，衣服换了，不能人家花了钱来看个叫花子。

孝先哥哥被几个人抱住，按在椅子上，他一点也动不了。

孝先哥哥看着我。他像个逃跑被抓住的孩子，害怕极了。我想抱住他，把他眼睛里的害怕去掉，可那些人四面箍住他，我连近他的身都不能。

孝先哥哥又坐在那张大红沙发上了，干干净净，也安安静静的。他们给他喂一种药，吃完药之后，孝先哥哥就能坐在沙发上，看着玻璃房外来来往往的人们，一直微笑着了。

栅栏外设了一个香炉，香炉前放一个功德箱。人们买来大把的香，插在香炉里，退后一步，双手合十，跪倒在香炉前的草蒲团上，有磕三个长头的，也有磕六个九个的，有人整个身子都趴到地上，手举过头顶，一直趴在那里，后面有人喊，快点，快点。大家都想占好位置，能让孝先上师看到的位置。

那天刮着小风，一刀刀地，割得脸生疼。最早一批买票的人已经进来了，香也烧了，头也磕了，就等着孝先哥哥神一般的微笑了。孝先哥哥仍裹着被子躺在红沙发上。一个时辰前，他们已经给孝先哥哥喂过药了，按往常，他早该坐起来，面对大家微笑了。

他们在外面又喊又叫，孝先哥哥一声不应，一动不动。有人拿着钥匙，匆匆跑过来，打开栅栏门，又去开玻璃房的门，才刚打开一半，孝先哥哥一跃而起，冲到玻璃房外面，又往栅栏门那边冲。

快拦住他，别让他跑了。开门的人大声嘶叫，回过身来去追孝先哥哥。

外面磕头的人、烧香的人呆愣愣地看着眼前这形势，听到这声喊，猛然明白过来，烧香的把手中的香一扔，磕头的一骨碌爬起来，都往栅栏门旁跑。他们在栅栏处抓住孝先哥哥，又把他往玻璃房里塞。孝先哥哥抱着栅栏，死不放手。

你们这是在干什么啊？！这又不怕遭天谴了？县长带着一群人，急匆匆地往院子里走，看到这情形，大声呵斥道。

那肥壮男子小碎步跟在后面，脸上挂着笑，连声说，县长好啊，真没想到，真没想到啊。

县长拍着栅栏，说，胡闹，真是胡闹，你们这是干啥，赶紧把人放出来。

那肥壮男子让人把栅栏打开，一边看着县长说，县长，都没事了？

县长扭头看那肥壮男子，说，你想我有啥事？

那肥壮男人赔着笑说，县长误会了，我是盼月亮盼星星啊，你没事了，我就有依靠了。你看，我把孝先上师给你保护得多好啊，就等着你出来呢。

县长要把孝先哥哥接走。那肥壮男子说，不能啊，县长，他现在是我们村重要的经济收入，你看，每天都进账上万元，我们准备再进行一拨宣传，在网上搞直播，到时，那钱就滚滚而来了。

县长厉声说，你这是干啥？把上师当猴耍啊。

那肥壮男子低声说，不是，确实是一个致富项目，你这一带走，我们的支柱产业没了。

县长高声说，啥产业？孝先上师是个产业？简直是胡闹台！

那肥壮男人又想辩解。

县长说，不再说了，这是县委班子的决定，回头再找个新项目给你们。

那肥壮男人说，好，好。

县长带着孝先哥哥走了。那肥壮男子弓着腰，一直送到村子外面。

人们又站在门口，目送我们。我一直朝车外看，我想看看有没有花婶儿。可一直到村子消失，都没看到花婶儿。

县长把我们接到县城旁边一个安静的地方。他不像以前那样几乎每天来看孝先哥哥，但他向孝先哥哥保证说，在这儿，谁也不敢再对你怎么样。

那领导的妈又来了。她摸着孝先哥哥的脸，对同来的另一个女人说，我们孝先上师遭罪了，你看，他多瘦啊。

走的时候，那另一个女人在茶几上留下几叠钱，让照顾孝先哥哥的居士一定要全力服务好上师。

她们走之后，孝先哥哥把那几沓钱小心地塞在蒲团下面。以前孝先哥哥从来不看钱，别人送来的钱、物他都像没看见，也不关心它们哪里去了。有次县长来时，他问县长之前人们送他的钱到哪里去了，县长有些吃惊，但也没有多问，把之前服务过孝先哥哥的居士叫来，问清楚数目，都给了孝先哥哥。孝先哥哥收到钱，把它们塞到房间的各个角落。

白天的时候，孝先哥哥总是把头梳好，衣服穿好，坐好，保持微笑，等着人进来。他不吭声，只微笑看着来人，和栅栏里的笑像极了，直到来的人掏出钱，放到茶几上，他才开口说话。

长老爷爷，他这是要干吗？他咋变成这样了？我都不喜欢他了。我很生气，我生孝先哥哥的气，他不是这样的人。

孝先有自己的想法。长老爷爷不紧不慢地回答我。

可长老爷爷你看，他数钱数得多带劲啊，原来他看着月亮眼睛光亮亮的，现在，他看见钱光亮亮。他忘了河坡了，忘了月亮了，忘了他受的难了。可如果连这都忘了，那就背叛一切了。立阁爷说了，忘记过去就意味着背叛。我得帮他找回他的记忆，找回他自己。

灵子，你不是娟子，你是灵子。长老爷爷突然提高了声音。

我被吓住了。我看着眼睛突然睁开的长老爷爷，委屈地说，我就是灵子啊。

灵子，你还太小。你不明白。

我是不太明白长老爷说的话。但我知道，我不是娟子。我心里想得更多的是河坡，坡上的花草虫鸟，立阁爷爷、长老爷爷，和远处的河。后来，孝先哥哥来了，就又有他了。这些就是我的全部。我不想找我爹我妈了，我一点也不想他们了，只要孝先哥哥在，我就高兴了。

我好像看到娟子，漂亮的、满面愁容的娟子，看到娟子去找孝先哥哥的老板，去找他的朋友，她带他到他们面前，希望大家救救他。我弄不明白娟子的心。可是，我能感受到孝先哥哥的心。他失落、害怕，他在黑暗里摸索，他想走出来，从沙漠里、深渊里、洪水里、森林里走出来，他的头顶，要么，是白得灼人的大日头，要么，是冷得如石头样的黑暗。他身边到处都是水，到处都是树根，他走不出来。他想娟子，他只要娟子。他给她说了很多情话，他所有奋斗都是为了她，他觉得他们俩已经是一生一世了，可他找不到她了。她背叛他了，他不知道该咋办了。

我去拉孝先哥哥，握住他的手，他轻轻抽开。

孝先哥哥忘了我们了。

他忘了我们，我们就又回到河坡上，回到冰天雪地中了。

坟园里又传过来哭声。好像心被撕开，肺已炸裂，整个身体都在往外漏气，可她仍在使劲，想把哭声往天上地下传。这样的哭声太多了。我一听，就能听出哪些是装的，哪些是真的。那女的说，我几年没回家就是为了挣钱回来给你们盖房子让你们享福，没承想，房子没盖成你们没了，你们受了一辈子罪临死了也没见闺女一面。这让我可咋活啊我的爹我的妈啊，爹啊妈啊，你们出来啊，哪怕叫我再看一眼也好啊……

接下来是镢头挖地的声音，梆、梆、梆，像唱戏的梆子，刚碰到就被弹了回来，一点也没吃进地里。地已经被冻实了，任啥也敲不开了。可那女人还不死心，梆、梆梆，一直挖，边挖边哭，那声音在空空的河坡里震出去，连一直守着树上老巢的老鸹都扑棱棱飞走了。

雪下得天都要塌了，地硬得像石头，挨我最近的蒿草根冻得像根钢条，插在我背上，疼得我骨头都要裂开，可还有人要来挖坟。

地上的人都疯了。他们把自己埋起来不说，还到处找孝先哥哥。我听见他们嘀嘀咕咕说那韩孝先把大家钱骗完了，就躲起来了。有人说也不是，听到哪儿隐居了，他知道太多，阴间也派人追杀他了。也有人说听说已经位列仙班了。

他们也找不到孝先哥哥了？不是只我们见不到了？

要乱了。这世界要乱了。我心慌慌的，要是都没了秩序，没了章法，我就再也找不到我爹妈了，那花啊草啊就再也不能安安生生一岁一枯荣了。

一个小娃娃摇摇晃晃走过来。他在雪地里翻啊、滚啊，躺在雪上，趴在雪上，把雪往自己脸上盖，拿舌头去舔，咯咯地笑，一边喊着，妈妈妈妈，过来啊，快过来看啊。他的声音真好听，清脆脆的，带着日头的味道。那女人还在哭，还在挖。娃娃就一个人，翻啊滚啊，每做一个动作都咯咯乱笑。娃娃累了，他往前紧跑几步，一下子扑到雪里，趴到我身上了。

他压住我了，压住我了，我快喘不过气来了。他软软的小身体趴在我怀里，我看到他天真可爱的眼睛，我听到他轻轻的吸气声。他的心，嘭，嘭，嘭，跳得多有劲啊。他一动不动，使劲抱着这堆土，抱着我。真好啊。我又活过来了，我浑身轻松，血哗啦啦流了回来，肉又慢慢长出来，脸上，脖子上，胳膊上，我又有血有肉了。血流到哪里，哪里就暖暖和和，肉长到哪里，哪里就软软的。我眼窝痒痒的，又是哪只小虫来捣乱，我伸手去赶，一摸，却是湿湿的。眼泪，我流眼泪了。立阁爷爷，长老爷爷，你们看，我哭了，我又活过来了。

拥抱。我终于知道了长老爷爷一直在说的"拥抱"。

拥抱就是俩人紧紧抱一起,把自己的温度和重量传给对方,你把你的给他,他把他的给你,这样,你俩就一体了。

我知道,孝先哥哥也需要这样一个拥抱。我要是这样拥抱他,他一定会回来的。要是娟子还能这样拥抱他,他就不会一个人孤单地在人世间行走了。

有人过来了,他在往这边走,他边走边看,好像在找东西。是孝先哥哥来了吗?是,是孝先哥哥啊。

冰天雪地,他来了。我想着他他就来了啊。

看啊,他多帅啊!

他的青长袍成白颜色了,他的头发、眉毛都是白色,只有眼睛是黑的。黑亮黑亮的,看不出他受的那些苦,看不出他狂躁时的野蛮,那亮不会烧伤你,它让你暖和,浑身上下,里里外外,都慢慢暖和起来。

雪落在他身上,一片,一片,旋着,飘着,有的停在他头发上,有的站在他衣服上,有的轻滑他一下,就又往下悠,落到雪中了。

孝先哥哥趴到雪地上,下巴使劲往上仰,双手平伸。他最长的中指离我只有一步远。孝先哥哥,再往前一点,再往前一点点,你就抱住我了啊,我想让你抱我。对,抱我,就是长老爷爷说的拥抱。我看见他嘴在动,我努力支起耳朵去听,可啥也听不到。我和他,就几步远,却像隔了很远很远,几辈子远,永远也到不了的远。一层层雪落在他身上,他的腿、胳膊、头,都被覆住了。他把头整个儿扎进雪里,一动不动。慢慢地,雪上出现一个白色的"大"字,薄薄的,凸出地面。

孝先哥哥,我在这儿,我在这儿啊。我朝孝先哥哥大声喊,我想站起来,去拥抱他。

立阁爷爷的嘴巴抖着,他使劲忍着,憋住呼吸,然后大声喊,孝先,你回来了啊,有啥新消息没?

长老爷爷一声不吭,头发、胡子把他的脸全遮住了,他连呼吸都好像没有了。

孝先哥哥像是听到了声音,侧过身子,倾着耳朵听一会儿,又趴下去,把耳朵贴在地上。他嘴巴一张一合,像是在和我们说话。我喝住在我身上忙碌的蒿草、小虫,让它们别动,我想听听孝先哥哥说的是啥。

可我听不清。我啥也听不见。

他听不见我的声音,我也听不见他的声音。

他看不见我们,也听不见我们了。

立阁爷爷,你看,他找不到咱们了。这是咋回事?他咋看不见也听不见咱们了?

孝先走了。离开我们了。

立阁爷爷嘟囔着,声音很低,像是没了盼头,没了魂,啥都没有了。

孝先哥哥换了好几个姿势,听了好长时间,他耳朵旁边的雪化了,头上的雪也在化,他整个头都热气腾腾的。他没听见我叫他,没听见立阁爷爷的叹息声,没听见草根吸水、小虫冬眠的声音,他啥也没听见。我让苍耳、蒺藜、蚂蚁爬到他身上,使劲咬他、扎他,他也没有任何反应。过了好长时间,他从地上起来,盘腿坐下,望着河坡,一动不动。

日头要落了。

白惨惨的日头,被一层层雪挡住,连一点儿光都没能照过来。

孝先哥哥站起来,认真拍打身上的雪和土,把粘在他身上的草一根一根捏掉,把附在他身上的小蚂蚁小甲虫小苍耳小蒺藜,一只只扒下来,放在地上。回身走了。

远处,有几个人一直站着。

合 欢

人们说我是疯子,我看人们才是疯子。他们不信我是龙王爷的化身,不信我是救世主,可看看他们在干些什么啊?

他们逼我交出立阁爷、长老爷,逼我说出灵子在哪儿,他们以为他们能见到立阁爷,就能看到一切知道一切了。他们把我圈在笼子里,想看我变身。他们日夜不停地挖,他们躺在棺材里,躺在亲人的尸骨旁,他们也要躺三天三夜,这样,他们就也能通灵了,就也能当救世主了。他们说,韩孝先这样能行,那我们也行。他们沿着坟,一路点蜡烛,点煤气灯,拉电线拧上一百瓦的电灯泡,一直点到家,说这样地下的亡灵就可以找到回家的路了,就可以和他们说话聊天,告诉他们怎样能发财,怎样看别人的命。他们跪在坟前,一遍遍磕头,那地下的人和他们只隔一层了,薄薄的一层。他们磕得越多,哭得越真诚,起心越纯洁,那一层就越薄。

白天黑夜不分了。白天是黑夜，黑夜也是白天。天地不分了，天是地，地也是天，地上亮堂堂，地下也亮堂堂。地下的人们到处乱窜，他们跪在地上，面朝这边，隔着那透明的墙，扭动、哭喊、磕头，像在演一出日夜不息的哑剧。他们不知道立阁爷也在急着呢。他对我失望了，他和县长嘀嘀咕咕，又是使眼色，又是说暗语，他们背着我，想要另立山头。

丁庄的村主任总是趁我睡着后偷偷进入栅栏，搬个凳子，倒杯茶，彻夜坐在我头边，他在偷听我的梦话。立阁爷警告过我不要说梦话，尤其不要在梦里和人掏心掏肝说真话，我记下了，我在梦里警告我自己，闭紧嘴巴。可过一些天，丁庄的村主任不经意地问我，娟子是你女朋友吧？长得肯定可漂亮。

县长总是假装和我聊天，聊天聊地聊他的苦恼，好像他是全天下最不幸的人，趁我不注意就套我的话。他以为我没看出来，他说东我说西，他说执政如何我说病症如何，他说他想见死去的亲人我说人间多好，他突然拿出笔让我写处方，写能下通阴间上达天堂、能看见立阁爷的处方，他以为我没看出来，长老爷急得扑到我身上，他怕我泄露秘密，他不能让他的上帝无处安身。我写了，写了他的名字我的名字无数人的名字，那里面藏着的密码，只有我和上帝能看懂。我是隐匿在人间的救世主，我不会让他们乱了秩序，人间和阴间，天和地，白天和黑夜，人和人，世界之初是什么样子，就还应该是什么样子。我回到这河坡上，就是为了承担这一使命。

我要做点什么了，事情因我而起，也应因我而结束。人的贪婪之心一旦被激发，就会卷走一切。我心爱的娟子，我可怜的父亲,还有灵子,立阁爷,长老爷,合欢树,灌木,地上的人地下的人,一切的一切,都将失去。

越来越多的人来到黑林子,五湖四海四面八方。县长告诉我,他们来支援这里的建设。他们的生活非常有规律。早晨六点喇叭喊起床,排队、洗漱、吃饭,上课、背书、喊口号,到黑林子里种菜、挖地、砍树、盖房子,午休之后,再上课背书干活,晚上还组织文艺活动,唱歌、演戏、看电影。黑林子的阴气没有了,花朵的妖气褪去了,它们被人的阳刚之气逼回去了。阳光明亮,青苔消失,劳动生产,歌唱大自然,我的屁股不再尖叫,腿也不再抽筋,我回到黑林子,就像回到了家。

除此之外,你可还需要什么?我站在高高的台阶上,对那些正在劳动的人喊道,能来到桃花源,就是你们最大的命,是上帝给予你的最大幸福。来吧,都来黑林子吧,要来更多的人,建更多的房屋,养更多的动物,面朝大海,春暖花开,大家一起幸福地生活。世界末日来临时,这里是唯一的福地,资产阶级崩溃时,这里是唯一的救赎,狮子吞噬大地时,这里是唯一它啃不动的硬骨头。

孝先上师说得很对。"桃源水郡",人类最后一处桃花源,仰观天象,俯察万物,于山水之间,怡情冶性,虽天地悠悠岁月倏忽,但得此仙境,夫复何求?以后这地方必然成为宝地,索求者会源源不断。县长两眼放光,咬文嚼字,仿佛看到达官贵人、万千百姓有求于他的盛大场景。每次我讲完,他都要释义一番。

如今这里不叫黑林子，叫"桃源水郡"。立阁爷的香樟树、芭蕉树，合抱粗的老槐树、柏树、榆树都被砍了，那红砖的院墙、红木的走廊彻底消失了，高楼拔地而起，错落有致。最靠近水边的是无敌观景别墅，据说图纸还没有出来就被抢光了。

那些有钱的、有权的、在外地工作好多年的梁庄人找到我，说孝先，你看，这黑林子自古以来就是咱们的地方，哪能在这儿盖房子不卖给梁庄人？再说，叶落归根，谁不想老了住在家里？你去给县长说说，说啥也得给梁庄人留一些。我说，当初立阁爷让你们回来，你们一个个推三阻四，现在看房子好了值钱了你们就哭着喊着要回来了，黑林子也不是想回就回的。他们说，我们都后悔当初没听立阁爷的话，要是能买到房，我们就到坟园里给立阁爷放五千响的炮子，逢年过节就去给他老人家烧纸，要是你不嫌弃，你就和他老人家一起轮流住我们家，你不能再住别人地儿了，梁庄人不住梁庄算咋说呢？

他们说着，相互看了一眼。

阴谋。都是阴谋。这些不义的人，这不义的村庄。立阁爷是对的。索性让一切都乱起来吧，让地上地下混淆，让天堂地狱不分，让死人活人一起涌到城市。不，不，不能那样，我不能只为复仇，我还有更重要的事情要做。

那倒也是，你们容我想想。我抬头向天，闭眼沉思。我知道他们正盯着我。

县长也不是说见就能见的，他虽然听我的，但我也不能得寸进尺，官场有官场的规矩。

知道，规矩我们都知道，不会少了他的。他们急忙回答。隔天他们又来，把一个小纸包放到桌子上。

这是五万块钱，你转交给县长。

县长？我看着他们期待的眼神，不由得想笑。县长已经好久没到这里来了，也有段日子没出现在公众面前。

县长跪在我面前。他跪在我面前，说，孝先上师，你一定得告诉我你的方法，我要见到先人，先人的先人，要见到上帝，要见到我的将来。我真不是为自己，我要见到先人们，把他们的经验、教训告诉我，把他们看到的过去和未来告诉我，这样，我就可以做更大的官，我才可以去为更广大的人民服务。孝先上师，你也不是没看见，世风日下，你一个上师被看作神经病，我一个兢兢业业为人民服务的人被看作是利欲熏心，天天有人排挤，不还是上面没人吗？我要是有了你这样的能力，有了立阁爷，有了先人们，那他们就必须用我，我就可以真的做一番事业了。

县长是在秦岭山里的一个寺庙里跪在我面前的。那个寺庙年久失修，主殿已经坍塌，偏殿倒还完整，里面住着一个年约六十的僧人。

县长说，这是我亲哥，年轻时出去打工，多少年都以为他已经不在人世了。前几天突然让人捎信来，说他在这里，他说他老觉得有人在叫他。从去年开始，对面崖上的那一大片杜鹃，春夏秋冬都绿莹莹红艳艳，后来他才想到，那个方向就是家的方向。孝先上师，这是您的力量啊，您一召唤他，他就出现了。你看，这地方青山绿水，是好地方啊，适合隐居。

他哥哥抬起眼睛看我，只看一眼，就迅速闪开，他不敢和我对视。我看到的是一个长年寂寞的人在突然看到有人来后的激动。他渴望吃一顿好吃的，红烧肉，大肘子，最好是咬一口就塞满一嘴的那种肉。他渴望看到人，渴望和人说话，他渴望回到红红绿绿的世界里，他眼睛还有惶恐，还有害怕。他是犯了罪的人，他是躲藏在这里的，不是为了修炼。

县长声音略微上扬，他有些激动，说，孝先上师，你说，我对你怎么样？我把你和立阁爷三个从河坡窝棚里接出来，住到福佑寺，好吃好喝好养，中间有小人作怪，我又把你安排到省城，你又成为"圣心妙手，神医再世"，后来，丁庄人折磨你，我把你解救出来，一直到今天，封神成仙，万人敬仰，我对你可谓是"一片冰心在玉壶"。我无所求，就想知道一件事，你究竟是怎么做到的？你是怎么能看到立阁爷、长老爷和灵子的？我相信命，相信天地间存在着咱们说不清的东西，可像你这样，突然啥都看见啥都知道了，还真是想不通。

说着，县长跪了下来，说了上面的那一番话。

他在逼我。他把我带到这里来也是想把我圈在这里，我不说出来他就不会让我走。

对面崖上的杜鹃快把一个崖面占满，红花妖冶得很，背后是白亮亮一片山，没有任何植物。一群黑鸟在上面盘旋往返，忽而俯冲，忽而高飞。阳光照到光秃秃的山和艳丽的杜鹃花上，射出一道道炫目的光，色彩奇幻，竟有阴森之感。

那崖面朝西，花却旺盛得邪乎，又有大鸟久恋不去。我问县长的哥哥，最近几年这周边可有失踪案、凶杀案，或其他相关事件?

县长的哥哥双手合十,连念几句"阿弥陀佛",说,确实诡异得很,有好多次我看着看着,就想要冲过去。早两年我听说有爬山探险的几个人找不到了,活不见人,死不见尸。不过,我最早来时,听说那面坡下住着一对夫妇,是最早在这里隐居的人,但我们都没见过。说不定也早不在了呢。

我回头对县长说,看到你们兄弟团圆我也很感动,人世间最大的幸福莫过于此,我和我爹虽然相见,却如不识,他不知我心中所想,我也无法满足他的要求。我和你,虽没血缘关系,却也亲如兄弟,你明白我,我明白你。你心中所想,我一直明白,但是,我恐怕你做不到,所以,才没告诉你。

我肯定能做到。十年寒窗苦读都经过了,再没啥能难倒我。县长仰头看着我,恳切地说。

那好。你起来。我给你细讲。

县长起身回到偏殿里面,坐在一个凹下去很深的沙发里,沙发已经看不出什么颜色,他的整个身体都被淹了进去,背后一座高大的怒目金刚像,伸出来的手正好就在县长的头顶,好像要把他抓起来,扔到什么地方去。

人们都说我精神分裂胡言乱语被流放到河坡放羊,这确实不假。我是个精神分裂症患者,我幻听幻视,我脑子里同时有几十个人在说话,我觉得这世界太危险,谁都要害我。你瞧,我对自己的病情分析比医生还详细。可我回到河坡之后,一切就不一样了。没人和我说话,没有城市的灯红酒绿,没有各种功名利禄,只有我和大地。相看两不厌,唯有敬亭山。我相信古代诗人很多也是通灵之人，他们终日游荡于山水之间，自然就看到更多。一旦真的安静下来，山川万物慢慢回来了，我看见菩萨、佛祖了，我看到拿着蒲扇的阎王爷，行走在路上的耶稣，他们在向我微笑，他们领着我穿越时间穿越空间，让我看到历史的一幕幕，看到未来一个个的场景，他们让我做一个见证人。立阁爷、长老爷和灵子，是他们派来辅佐我的。

县长认真听着，一副若有所思的样子。

可是，如若心有大愧，就是和自然相处一百年也不行，至多也就能看到终年长绿的杜鹃花。你说是不是？

我看向县长的哥哥，县长的哥哥垂下眼睛。他不敢看我，他已然知道我清楚他心中的大愧。

县长，今天你和你哥哥在此团圆，是你的大幸，也是你大转折的机会。你要是还相信我，还想找到我能够洞穿一切的方法，你就在这儿待一段时间，不想任何世间之事，不想任何功名利禄，香车宝马，美女贤妻，均抛之脑后，安静地和自然相处。等一切变得澄澈，杜鹃花不是杜鹃花，而又只是杜鹃花的时候，你就可以看到我看到的一切了。到那时，我们一起行走人间，到那时，你得到的荣耀就不只是一个县长那么多了，你肯定可以顺利升迁。

我看到县长半信半疑的眼神，他身体越来越近地趋向我。

我看着他，说，县长，到那时，你就真的可以指点江山，见你想见的人，说你想说的话，实现你的治国梦了。

那我能见到最高领导人吗？县长吞吞吐吐，用手挠了挠头，脸竟然有点红。

当然。领导人肯定会知道你的，他会召见你的。

县长脸露喜色，长吁一口气，放松身体，看我正在看他，就又坐直身体，说，不是说就多想见，主要是想给他讲讲我的治国方略，现在国家大发展，我是日里夜里都想着出谋献策。

他又正了正身体，说，孝先上师，谢谢您的点拨。不是我想成为您，代替您，还真不是。其实有您在，我也足矣。可是，您的身份在那儿，再加上之前一些事情，您没办法进入核心。体制毕竟还是体制，自有一套规则。

我微微一笑，说，我明白。你志在庙堂，我喜欢荒野。我被打被关，是我的修炼之路，我乐意于奉献自己。你要走另一条路，那条路虽然明亮耀眼，但也充满荆棘，你先放下自己一段时间，腾空、放松，自然就会有人过来，不是立阁爷，也会是另外的智者，死去的活着的，都会来。

县长陷入了沉思。眉毛一跳一跳，他心里正在进行着剧烈挣扎。

"桃源水郡"还没有竣工，县长就不见了。有人说他因贪污被抓，有人说他巴结领导，结果站错队了，有人说他竟想将黑林子监狱开发成房地产，还让犯人在工地干活、自由出入，也有人说他泄露国家机密，在上面已经开始追查福佑寺事件时，他冒险把组织上的批件送给孝先上师看。他真是疯了，信神信鬼，没人管你，可你拿国家机密给人看就傻了，人要是犯魔怔，谁也没办法。

我早已知道。我前脚才刚离开秦岭，县长就悄悄回来了，他自以为无人知晓，他以为只要骗得了我，只要我认为他在秦岭，他就真的是在秦岭，他就可以一心二用。可他才刚进家门，就被一直在家里等着的人带走了。那只命运之手已经伸到他头正上方，不需要我生办法了。

留在秦岭，或许他还有救。可我知道，他不会听我的。你说疯话时，人们很喜欢听，你说实话时，人们一点都不信你。

在人们才刚开始传县长出事时，就有人来把我接走，接到另一处明亮温暖的房子。房子里有暖气，有蒲团，有佛龛，有我喜欢读的书，喜欢用的笔墨纸砚。我每天静坐修行，为人解惑算命。夜深人静时，我就开始数钱、算账，我已经攒了一大笔钱，再过一些时日，我就可以做我想做的事情了。

县长走了，又来一任新县长。上任第三天，他就来拜访我了。

他说，以后就拜托孝先上师多多关照。我还得仰仗您的指点，您对老百姓的影响力巨大，我千言万语不如您露面一秒。"桃源水郡"是孝先上师您亲自定的楼盘，一定不能让它夭折，它将会成为人人都向往的桃花源，到时，必将人人争抢，拉动我县经济飞速发展。

我看着眼前那不停翻飞的肥厚嘴唇，那双贪婪丑陋的眼睛，突然间，一股热浪从嘴里喷出，我早上刚喝的粥、刚吃的水果随着这股热浪喷出，直喷到新县长的头上、衣服上。新县长张着嘴，怔了好一会儿，连声说抱歉，头往前挣着，冲到厕所里，撕着嗓子啊啊呕吐。

我坐在蒲团上，等着新任县长出来，等着他大发雷霆，或拂袖而去，和我决裂。

新任县长擦着嘴，从厕所出来，一边走，一边问我，孝先上师可是身体不舒服了？声音关切，没有丝毫不满。说着，又吩咐一旁的秘书，让他带县城中心医院最好的内科医生过来。

我不关心新县长旧县长，不关心爹，不关心"桃源水郡"，我就关心，那花啥时候败，雪啥时候停，狮子啥时候离开，植物啥时候不再生长，城市里那丑房子啥时候塌掉？一切都彻底崩坍，连我自己，一起飞上天，成为那粉红浊黄的一部分，朝四处消散，消失得无影无踪，谁也找不到。我想乘着宇宙飞船到黑洞里去，那里一天就是人世间的七十二年，一年就是人世间的二万六千二百八十年。洞中才一日，世间已千年。我要这样的时间。只有在那个时间里，才没人关心你是疯还是不疯。你疯与不疯只和自己相关。娟子，娟子，你在哪里？我只爱你啊——

娟子是谁？她总是在我脑子里一掠而过，没有形象，没有声音，就只是一个名字。我不知道她从哪儿来，她为什么会出现在我脑子里。她像扎了根似的，我控制不住自己时，她就来了。她像一条毒蛇，盘踞在我心里，我甩不掉她。我害怕，害怕极了。

只要一想到她，舌尖刚一滑过她的名字，就有一排排钢针，闪着银光，一路呼啸着，朝我太阳穴扎过来。啾，从一边太阳穴进去，从另一边太阳穴穿出，返回来，啾，从这边再穿进去，再穿出来。我的额头两边青烟四起，一股焦煳发臭的味道散发出来。这万千钢针又飞向我的心脏，噗，从主动脉刺进去，横过左心室出来，又返过来，噗，飞向右心室，从大静脉出来。它们在我身体里不停翻飞，变换着队形跳舞，带着动感的节奏，越跳越快，越跳越轻盈。不是疼痛，不是万箭穿心，是蚂蚁细细啃噬你的神经，是刺猬在你身体里横冲直撞，是生不如死。

好了好了，停下，娟子，我知道了，我不喊你了，我不说了。我住口。我永远闭嘴，直到青苔封住我嘴巴，泥土覆盖我身体，直到荒草爬满坟头，爬向世界的每一方向。

娟子，我将不再提你的名字，就像我不再想我是谁。

我的钱已经够了，我知道我该做什么事了。

我问跟着我的那几个居士，我说我回梁庄河坡，回坟边，我想把那里修缮一下，你们可愿意帮我？

他们说好啊，孝先上师，必须修，得把那里保护好，你是从那里来的，不能让人破坏了风水。

我说你们不要告诉任何人，帮我请来最好的建筑公司，最好是外地的，效率要高，速度要快，我不想让别人知道。

其中一位居士说，孝先上师，这你不用担心，我刚好一个亲戚在做这方面业务，他也仰慕你很久了，交给他，肯定没问题。

我说让他来见我，我和他谈。

那人听了我的要求，眼睛里有无数疑问。我对那人说，你什么也不要问，只管按照我的要求去做。

我坐在河坡上,俯瞰四周。

那高墙的地基已经打完,正一点点砌出地面,如长城初建时。高墙沿着坡上的坟园,一路蜿蜒,到坡下的合欢树处,正好合围。这样,坟园就是一个独立的世界了。我让他们打出最深的地基,用水泥石子浇铸,不但把墙壁整个灌上水泥,把周边的土块、岩石也都一并浇灌进去,固若金汤,连最擅长掘地的蚯蚓也钻不过去。我让他们请来最好的工匠,烧制出最好的青砖,砖上雕着龙凤呈祥、喜鹊、凤凰和各种各样的图案。我让他们雕一个小姑娘,她手里拿着一朵合欢花,正歪着头看前面,雕一个平头方脸的中年人,他的眼睛很威严,逼视着人,手里拎着一个骷髅头,雕一个须发飘飘的老人,白袍前面一个大大的"十"字。可无论他们怎样画,都画不出我心里的样子。

隔着薄薄的地层,我注视着地下的生活。有人在练习跳跃,以为跳得高就能把地壳撞破,就可以像立阁爷那样自由行走。有人练习哭泣,以为只要哭声够大、够真切,就能够让地面的亲人听见。地下越来越亮,地面的光快要透进去了,地上和地下,就快要看见彼此、听见彼此了。

只要我还在行事,地上的和地下的人们就不会死心,就以为终能彼此相见,终能也成为大师,发财当官,掌握他人命运。我是他们可见的希望。我的存在本身就是错误。我让人们更加贪婪,贪婪于金钱,贪婪于相爱,最后,甚至要超越生死,超越世间最后的界限。

只差最后的行动了。我还没想好。我不知道该拿自己怎么办,不知道该如何失去我拥有的一切。我是一个病人。无可救药的病人,我没办法自愈。

在这之前,我还要去见见立阁爷。我想给他解释,我只是发病了,我不是真想打掉他的头,不是真想让他离开我。我不恨他,只是,我从他身上看到我的另一面,我的极端,我不要成为那样的自己。

立阁爷一直在昏睡。醒来就四处找他的头,他东摸摸西摸摸,怎么也找不到,最后,竟然哀哀地哭起来。他不可能找到的,只有我知道它在哪里。最后,立阁爷把手里的骷髅头安在了自己的脖颈上。

立阁爷不是立阁爷了。我一阵颤栗,呼吸困难,眼睛潮湿,我感觉心要碎了。

可我不知道怎么下去。我只能看见,我下不去。

立阁爷走向那透明的墙,走向那些一直在挣扎、叫喊的人。那些人看到他,手伸向他,伸向唯一生还的希望。立阁爷摸出口袋里的蜡烛,点燃,那墙竟然融化了。无数的人拥了过来,拥到立阁爷这边。

立阁爷站在高处,朝着那黑压压的人群讲着什么。他神情激昂,光滑的骷髅头闪着凛然的光,然后,他挥着大手,那些人就跟着立阁爷,浩浩荡荡、不管不顾地往前走了。

我必须要下去了。必须下去。

我坐在他的坟边,闭上眼睛,默念着立阁爷的名字。默念他教给我的所有知识。立阁爷,你教我的我都还给你。你让我下去,我有话给你讲。

没有用。我睁开眼，发现自己还在原处。雪还在下。合欢树、灌木、芭茅、野人参都看不见了，连形状都辨认不出了。

夜来了。我点燃蜡烛，我想让立阁爷看到我在等他。他肯定看到了，他只是不愿意见我。

微弱的火苗闪了几闪，想灭的样子。可是没有一丝风。火苗又闪了几闪，一下子蹿得很高，然后又往地下贴，贴得很近。好像遭遇强风，遭遇地震。轰隆隆，轰隆隆，我被一股力量往下拽着，一直往下滑。

我睁开眼睛。我掉到立阁爷的军队里了。他们都停了下来，撞墙的不撞了，掘地的不掘了，哭泣的人擦掉眼泪，朝我围了过来。

我看见立阁爷站在高处，他正看着我。我张开嘴，还没喊出"立阁爷"，就被波涛般的尖叫声淹没了。他们朝我伸出拳头、巴掌，伸出腿、胳膊，他们打我扇我踢我撕我，像要把积压几千年的仇恨都发泄出去。

立阁爷扒开人群，走过来。他朝我俯下身来，拿手擦我的脸，大声说着什么。我把耳朵凑过去，我听不见他说的话，什么也听不见。我张开嘴，又叫一声"立阁爷"，我想把我的话说完，我最后的话。可我一句话也说不出。

我贴近立阁爷的嘴巴，想听到他的声音，想回应他的话。

我听不见了，也说不出话了。

立阁爷抱着我，躲避着不断伸过来的拳头，躲避着不断想把我抢走的人群。他把我抱到最高的那地方，把我放到地上，撕掉我的棉袍，点燃那最后一小截蜡烛。棉袍在蜡烛之上，熊熊烧了起来，火苗一直往上蹿，随着那一股上升的力量，我好像也升了起来。

我低头看人群中的立阁爷，那些人高举自己的胳膊、腿，正逼向立阁爷。

我睁开眼。发现自己还坐在立阁爷的坟边。我是做梦了，还是又幻听幻视了？我低头看身上的棉袍，发现棉袍下摆被撕掉一大截。我摸摸自己脸，摸到液体，我看看手，手上全是血。

我往地下看，发现自己看不到地下了。眼前只是白雪覆盖的大地。我张开嘴，发现自己一句话也说不出。合欢树杈上被雪压倒的鸟窝，一个个往下掉，没有一点声音，像慢镜头一样，奇怪的轻。

一切都是真的。

树的气味弱了，风停息了，立阁爷的咆哮，灵子的欢笑，长老爷的叹息，慢慢远了，地上地下，此起彼伏的哭声逐渐减弱了。

我说不出，也听不见了。

我想哭，却突然笑了。我明白了。

这就是我的行动。最后的行动。在它到来之前，我一直不知道会是怎样的行动。在那一顿痛揍之中，立阁爷、灵子和长老爷给我的，我又都还给了他们，还给了地下的世界。从此以后，我不再是一个无所不知的大师，不再是一个可以同时感受无数人的生活和命运的通灵者，我只是患精神分裂症的病人韩孝先。

工匠来问我事情,我微笑着点头,他们竟也明白一切的样子,微笑着走了。

那围墙越来越高。地下也越来越安静。

我守着这围墙。守着这世间最后的界限。

在围墙合围的地方,合欢树前面,我让他们盖一座青砖红瓦的小房子,那是我的住处。我让他们留一个铁栅栏的门,门的宽窄只容一个棺木和八个抬棺人过去。

在人们还不知道的时候,墙已经起来了。在人们还没明白过来的时候,我已经听不到声音了——这一世界,那一世界,所有世界的声音。

我坐在门口,坐在合欢树前,袖着手,守着大门。

铁栅栏对面,更远的斜坡上,一些人慢慢聚过来。

他们挤着拥着,想往我跟前来,可又怕我的样子,一到离栅栏几丈远,就躲到野人参的枯枝后面,再出来的时候,全身披挂,像一个树人了。也有胆大的人,来到我面前,和我说话,他边说边往后指,被指到的人站起来,点点头,又蹲下去。

我指指自己耳朵,又指指嘴巴,向他摇摇头。那人的脸色变得煞白,眼睛瞪得像看见了鬼,他扭转身,向着人群大声说着什么,那些人呼啦啦潮水一样往我这边涌,又有人突然停住,跪倒在地,不停磕头,边磕边哭边喊着什么,有人回过身,飞一样跑了,跑得无影无踪。

一天两天,有人走了,更多的人来了。他们蹲在地里,像一个个乌鸦般的黑点,一动不动,直直盯着我。有人朝我三磕六拜,把水果、馒头、金首饰、红通通的钱放到篮子里、塑料袋里,一点点推近我。他们的眼睛从满含期待,到诧异、失望、绝望,又慢慢燃起新的希望。他们把小孩子推到我面前,让他跪下,他们拿起我的手,希望我摸下孩子的头。我把手缩了回去。我摇摇头,指指我的耳朵,我的嘴巴。

一群贵妇暴雨一样刮过来,她们手上戴着翠绿耀眼的镯子,穿着光滑闪亮的毛领大衣,她们不顾华服拖到地上,不顾大风吹散精致的头发,蹲到我面前,和我低声说话,她们使劲晃我的手,观看我的反应。我从她们眼里看到了恐惧。最后,她们站起来,飓风一样走了,比来时还要快。

每天早晨,我沿着围墙,沿着坟园,在河坡里散步。我就像一个君王,巡游我的领地,我整个的山河。我的内心非常充实,想匍匐在地,亲吻这里的每一寸土每一棵草。

我朝着合欢树上面的坡地爬过去。那是整座坟园最偏僻最隐蔽的地方,是河坡最高的地方,也是围墙里面唯一能看到远处大河的地方。

总有一个模糊的声音指引我往这边走。我隐约记得很久以前我随爹来坟园放羊,走过坟园这个最偏僻的地方,爹回身指着三个浅圆的隆起时,说,这是三座坟,里面埋着三个可怜人。

他说这话的时候,也是冬天。天空晦暗不明,太阳遥远惨淡。冷,微风,无雪。坟园左边,是连绵的麦地,麦苗低矮,平平展展伸向地平线,紧挨着坟园长的那一溜儿麦苗,格外肥壮，油绿发黑。坟园右边，沿着断崖般的河坡往前看，一排排枯树，阶梯般依次延向河道，细黑枝条上停着一群群乌鸦，隔一会儿，就扑棱着翅膀往天上飞。我记得羊群在高矮不齐的坟头上吃草，它们爬到坟的最顶端，后腿使劲蹬着，跃起前腿，开始吃蒿草上面的枯叶，接着，又低头拱坟上的草根。那些草根还是绿的，羊慢慢、慢慢地嚼，它们绕着坟，一寸一寸掘进，直到每座坟上面都干干净净。爹说的这三座坟上，草木茂盛厚实，羊却不过来。连羊都不来的地方，这是怎样的地方，埋的是怎样的人。那时，我没想为什么，我甚至没想到转身看一下它们面对着的河坡——苍茫辽阔的大地，阴险狡诈的杂树，越来越贫瘠的大河。

可现在，没有圆圆的坟头，没有隆起，什么也没有。

不知从哪里传来笑声，清清亮亮的一声笑，是个小姑娘的笑，脆生生的。是笑声，我真的听见了，这是我聋哑之后唯一听到的声音。风的声音、河的声音、鸟的声音，我都听不见了。可我听见有人笑。那笑声惊奇又喜悦，好像要让我看她最爱的事物。她笑一下，我的心就疼一下，她好像在我这里有一辈子了。我四下里看看，没有人。我仔细辨认，那笑声好像从地下传来，带着回音，恋恋不舍的、悠长的回音。我努力捕捉它，我把雪扒开，把耳朵贴在大地上，我要找到那声音的来处，我要找到她是谁。

大地寂静。

　　只有年轻的死者，在永久宁静的、

断绝尘缘的最初状态中,
爱慕地追随着她。

      2018.4.29于香港第一稿
     2018.12.26于北京第二稿
     2019.2.13于北京第三稿
     2019.6.21于北京第四稿

后 记

那年冬天,我到墓地去看父亲。是父亲去世的第二个冬天。

这是一个被世界遗弃的角落。田野裸露,艾草的根茬灰黑粗壮,成为坚硬地面的一部分。远处那两排白杨还在,好像要以一己之力挡住从更荒凉处吹过来的狂风。

十几只羊在坟头吃草。它们从圆圆的坟顶开始,吃上面的细茅草、野菊花、蒿草,从草的梢部往下,一直啃到根部,细细嚼那些还略有绿色的根。

在河坡的最边缘,一个人坐在那里,朝着河的方向。

我站了许久。羊一直在吃草,一个坟头又一个坟头。它们埋头工作,好像在完成它们的工作,又好像在做一件命定的事情,耐心、严谨,既心甘情愿,又只是冥冥之中的定数。

那个人,我等着他站起来,指挥他的羊,疑惑地望望我,或者,哪怕无目的地走几步也好。可他没有。他坐在河坡的最边缘,凝望远方,入定了一般。

时间停滞了。什么都没有发生,又似乎在发生什么。那被羊清理过的坟头尊严地坐起来,看着远方的河,那荒草萋萋的坟头躺在那里,望着灰蓝暗淡的天空,任长长的草根穿过身体,他们抬起胳膊、腿,让忠心耿耿的虫子——就像地面上那纯洁的羔羊——剔除骨头的血肉，以留下干净、洁白的长骨。

我听见父亲在坟墓里的叹息。他太寂寞了，他看着四面八荒，找不到说话的人。他认真听虫子汲取他血肉的声音，听他的房屋上面羊吃草的声音，他抓取他那四方空间中一切可能的声音、响动。

他渴望声音，喜欢热闹，他愿意所有的人生都充满激情和跌宕，就像他的人生一样。

我听见很多声音，模糊不清，却又迫切热烈，它们被阻隔在时间和空间之外，只能在幽暗国度内部回荡。

我想写出这些声音，我想让他们彼此也能听到。我想让他们陪伴父亲。我想让这片墓地拥有更真实的空间，让人们看到、听到并且传诵下去。

这就是写这部小说的最初冲动。说起来好像有点矫情，但的确如此。

三十年前，母亲去世，我才刚刚进入少年。我记得我跪在母亲身边，不断揭开蒙在母亲头上的白布，我想确证一下，这个人是不是真的没有呼吸了，真的和我不是一个世界上的人了。我非常迷惑，我不知道该如何思考这件事。下葬的那天早晨，一切仪式结束之后，我站在墓坑旁边，看着撒向棺木的泥土。那土呈扇面状泼撒下去，阳光从后面透过来，土变成金黄色，整个扇面都是金黄色的。放在棺木上的那束野菊花被土压了下去，又挺起来，慢慢地，花瓣、叶子、整个花束都被埋了进去。那时，我就有一种幻觉，母亲是去往温暖的黄金之地了。那不是一个冰冷、黑暗的所在。

年复一年,去墓地成为我生命最基本的内容。它是一种仪式,但又不仅仅是仪式。当父亲带领我们,先是我们姊妹几个,后来人越来越多,一天天往墓地方向走时,好像我们在不断练习死亡,又好像在和墓地的亲人不断交流。有时我们会去读那些掩在荒草中的墓碑,父亲会告诉我们,他是谁,经历了什么,有怎样的故事,他的家人现在又如何,都到了什么地方。那些时刻,活着与死去,地上与地下,历史与现在,都连在了一起。他们仍然是我们的一部分。他们的故事还在延续,他们的声音还在某一生命内部回响。

死者不会缺席任何一场人世间的悲喜剧。

梁鸿

2019.8.8